KB137718

들판을 지나며

들판을 지나며

홍기영 제5시집

도서출판 동인

머리말

    봄이 오면 푸르름과 신선함이 우리를 들판으로 뛰쳐 나가게 한다. 한여름의 열기와 풍족한 비바람은 만물을 무럭무럭 자라게 하고 가을 들판은 풍요로운 열매로 우리 마음을 흡족하게 한다. 겨울 들판에 흰 눈이 가득 쌓이면 모든 것은 깊은 휴식의 잠 속에 빠진다. 저 넓은 들판은 사계절에 따라 그 형상의 옷을 바꾸어 입어 우리로 하여금 자신의 삶을 반추케 해준다. 이번 나의 제 5 시집은 정년퇴임(2015. 8) 후의 사색의 결과들이다. 약 36년간의 대학교수 시절은 꽉 짜인 스케줄 속에서 톱니바퀴처럼 살았던 기간이었다. 해야 할 여러 가지 일들에 매몰되어 정신적 여유를 갖지 못하고 쫓기는 생활이었다. 정년을 맞아 시간적 여유가 충분하면 더 좋은 시를 많이 쓸 수 있을 것으로 생각했으나 현실은 그러지도 않았다. 게으르기도 하고 박진감이 많이 떨어짐을 실감했다. 이렇게 생활하는 것이 길어지면 회의감과 나태함 때문에 아무것도 할 수 없다는 강박감이 들어 이틀에 한 편의 시를 무조건 썼다. 그리고 고치기도 하고 버리기도 하면서 엄선한 것들만 골라 이번에 출판하기로 했다.

이 시집 제2부의 제목처럼 정년을 맞아 '산다는 것이' 때로는 너무 무기력하고 허허로워 힘든 일이었다. 비록 짧은 기간이었지만 직장의 의무감에서 벗어나 약간의 여유를 가지고 읽고 사색하며 지냈다. 도시를 떠나 넓은 들판을 거닐면서 생각하고 느낀 것을 표현하려 했기 때문에 이 시집의 제목을 『들판을 지나며』로 정해보았다.

여기서 들판은 도시의 인위적이고 위선적인 것들이 없는 청정한 공간이고 동시에 마음의 자유와 시심을 불러일으키는 사유의 공간이기도하다. 들판에 피고 지는 이름 모를 꽃들, 아침 햇살에 영롱한 이슬의 순간적 아름다움, 저녁노을에 붉게 물드는 들녘, 어둠을 맞아들이는 들판의 넓은 마음 그리고 깊이 쌓인 흰 눈 속에 여유 있게 누워 있는 들판. 이 공간에서 나는 무한한 기쁨과 위로를 받았다. 그러나 이러한 공간도 결국은 지나가고 만다는 점을 부각시키려하였다. 자연의 순환처럼 우리의 인생도 결국 긴 겨울잠 속에 사라지는 것이 아니겠는가.

이왕 들판을 지나려면 좀 더 높은 곳에서 더 넓게 보았으면 하는 생각이었고 동시에 이 들판의 온갖 것들에 집착하지 말고 '지나간다'는 사실을 마음에 새기려 하였다. 이 시집의 제1부는 봄의 싱그러움과 꽃들에 대한 사색에서 마지막 제5부는 모든 것을 지나 '하늘나라로 가까이' 가고 싶은 심정을 나타내 보려 하였다. 제1부의 몇 개의 시들은 문학 지망생 때에 썼던 단순한 것들도 있다. 산다는 것이 얼마나 고달프고 외로운 것인가를 제

2부에서 표현하려 하였고, 제3부에서는 외국에서의 느낌을 표현한 것이다. 더블린의 집시가 부르던 노래는 내가 문학을 읽고부터 늘 동경해오던 아일랜드의 크로바 꽃으로 뒤덮인 끝없는 들판과 목동들의 슬픈 삶에 대한 마음의 표현이다. 조이스의 『율리시즈』의 배경이 되는 샌디코브(Sandycove) 해변의 매서운 찬바람이 쌕쌕 불던 거친 파도 소리를 아직도 잊을 수가 없다.

제4부는 자작나무를 비유로 찰스 램(Charles Lamb)의 심정을 대신해 보려는 시들이다. 램에 대하여 여러 편의 '램의 연가'를 썼지만 10개의 대표적인 것만 이곳에 수록하였다. 램은 나의 문학적 체험 가운데 특이한 정서를 불러일으키는 작가이다. 램에게는 일생동안 따라다닌 두 개의 트라우마가 있었다. 하나는 시몬즈(Simmons)라는 여인을 사랑했으나 '상처만 남긴 좌절된 사랑'이었고, 다른 하나는 정신병이 있는 누나 메어리(Mary) 램의 '어머니 살해' 사건이었다. 이 두 가지 엄청난 사건은 램에게 '문학의 상처이론'이 되어 그의 독특한 문학세계를 이룬다. 페이소스(pathos)를 불러일으키는 그의 수필들은 아름다운 정서 순화의 기능을 한다. 치열한 경쟁사회에서 정서가 메마르고 정신이 점점 더 피폐화되는 오늘날의 시대에 이 어리석어 보이지만 순수한 램의 글들은 따뜻한 인간미와 정서의 순화작용에 옹달샘 같은 역할을 한다.

제5부는 이제 이 세상의 삶을 잘 마무리하고 하늘나라로 가까이 가고 싶은 마음들을 표현하려고 노력했다.

자연에 순응하고 인생의 겨울잠을 잘 맞이하여 포근한 눈 속에 묻히고 싶다. 이 세상 순례길을 다 마치고 하늘나라로 가려는 마음을 표현하려 했는데 이제 출판하려 하니 미흡한 점이 있어 아쉬움이 많다.

　출판이 어려운 이때에 시집을 출판해준 동인의 이성모사장과 편집자에게 감사하고 내 시집이 나올 때마다 좋은 서평을 써주는 소중한 친구 현영민 교수에게 고마움을 전하며 원고의 워드를 도와준 제자들에게 감사의 마음을 전합니다.

2016년 3월
사집제(砂集齊)에서
홍 기 영

차례

제3부 더블린의 집시

제4부 자작나무 그늘 아래, 나는 쉬려네

제5부 들판을 지나며

제1부

오페라가 있는 봄 언덕

새 순이 돋아남은

이 모진 겨울 이겨내고
허허한 들판 끝에서 부터 개나리 새 순이
돋아나면서 들판은 온갖 꽃으로 너울거린다
어떤 풍파도 헤쳐 나와 하늘을
맞으려는 놀라움이며 신비함이지
죽어 두번 다시 보지 못할 것 같은
이 산하는 새 생명으로 출렁이고
호흡이 아직도 계속됨에 감격하며
이 봄을 품으리라
더욱 보듬어야 할 것과
사랑해야 할 것들이 저기서 손 벌리고
달려오고 있음을
며칠 후엔 이 들판이 온통
노랗고 붉은 색으로 물들어 있을
생명의 요동 속에
가슴이 벅차오를 거야

아침의 합창

창문을 열면 확 몰려오는 푸른 세상
눈앞엔 자작나무와 소나무가 군락을 이루어
무성하게 하늘 향해 온몸을 뻗고
그 사이에서 지저귀는 새들의 합창
온갖 새들 조잘대거나 찍찍거린다
분주히 하루를 시작할 시간
모닝커피 향이 온몸을 감싸고
가랑비가 뿌리기 시작한다
온 숲이 신비에 가득 둘러싸이고
세상은 또 하루를 맞이한다
이 신선한 아침 공기 깊이 들여 마시며
읽고 생각하고 글 쓰는 나의 일과
오늘은 왠지
멋진 신세계가 펼쳐질 듯
까치들이 아침부터 부산하다

아침 숲

이른 아침 숲 속엔
이름 모를 새들의 지저귐
여리고 순한 초록 새 순들
숲을 이루며 동화의 세계 연출한다
이 고요하고 신비한 곳에서
간절히 원하는 것은

혼탁한 세상의 욕망들 이곳에서 멈추고
처음의 그 순수함과 아름다움이
이 아침 숲에서처럼
영원히 넓게 퍼져나가기를

그리고 우리의 처음과 마지막이
아침 숲처럼 푸르고 신선하기만을

녹색 물결

아침 창문을 열면
쏴 몰려오는 녹색의 세계
그 나무 이름이야
어느 것이든 무슨 상관이랴
아침 빛나는 햇살과 살랑살랑 부는 바람에
너무 부드러워 아늑한 가슴 흰 살결 같고
순하디 순한 녹색은 곧 달려가고 싶은
그리움의 어린 발걸음 같아
커피 한 잔으로 상상의 세계 펼쳐
동화 속에서 미소 짓는
영원한 얼음공주 같구나
가장 여리고 부드러운 손길로
엷은 창호지 문틈 사이를
자유로이 드나드는 봄의 마음이
지그시 말을 걸어오다가
여기서 그대로 잠드는구나

이른 아침의 교정

이른 아침 교정에 화들짝
벚꽃, 개나리, 목련, 살구꽃
색깔과 향기로 향연을 펼친다
노란 개나리는 땅을 뒤덮고
살구꽃은 연분홍 치마로
목련은 가냘픈 여인의 목으로
그리고 벚꽃은 화려하게
교정을 온통 환상으로 물들인다
이 봄이 최후의 하루인 양
서로를 부둥켜안고
한낮의 뜨거운 열기에 스르르 녹는다
이틀 아니면 삼일쯤 갈까
봄비 촉촉이 내리면
소리 없이 모든 옷 벗고
언덕에서 녹색으로 누우려니
그 때쯤이면
봄의 향기도 바람에 날려
저만치서 서성이겠지

오페라가 있는 봄 언덕

흙바람 부는 봄 언덕
저 끝에서
오페라로 온몸 적시는
노래의 요정이여
비탄을 고음으로 날려 보내고
슬픔은 저음으로 삼키는
그래서 음에 살고 음에 죽고자
물 오른 버들가지가
흙바람에 부딪히며 휘청거리고
미리 봉우리 내민 진달래는
진한 색깔로 산을 물들여
오페라 무대는 어느 것보다 화려하고
봄 언덕의 아름다운 추억이
사방으로 퍼져
지구를 온통 음악 속에 젖어들게 한다

황사 불어오면

봄이면 어김없이 찾아오는
반갑지 않은 황사
도시를 온통 흙먼지로 뒤덮고
호흡기병을 가진 사람들에게 치명적이고
너와 나의 거리를 가로막는
정말 말리지 못할 악질이구나
우리가 자연을 사랑하지 못하고
각종 개발에 열을 올리다가
너의 아주 강한 펀치를 맞는구나
우리의 노력으로는 이제 복구가 불가능하니
하늘에 뜻을 맡겨야 하는데
해마다 너의 횡포는 더욱 심해가니
어디서 어떻게 해야 하나
이제는 흠뻑 흙먼지에 쌓여
시름시름 죽어가야겠지
모두 없어진 후에야
새 세상 오겠지
황사는 그래서 죽이고 탄생하는 힘인 것을

3월의 바람

삼월이면 모든 것을
다시 시작하게 하는 나팔 소리 요란하다
나무에는 파릇한 새 순이 돋고
들판은 갖가지 꽃들로 수놓아지리라
베란다의 화분 속 난은 손을 높이 들리라
꼬마들은 학교를 향해 달리고
삼월의 바람은 집들마다 창문을 열게 하고
병실에서 웅크리고 있던 몸은
기지개를 펴며 아지랑이 속을 걷겠지
그 때쯤 나도 퇴원하여
싱그런 바람 깊이 들이쉬며
새 생명 얻음에 감사 눈물 흘리며
더 큰 열정으로 세상을 품으리라

4월에 부는 바람

넓은 들판은 초록으로 춤추는데
차가운 바람은 아직도 거세다
꽃을 피우고 종달새 우는 작은 산골짜기
얼음은 다 녹아내리고 하늘도 높은데
바람은 골짜기를 지나
이 마을 어귀에서 사납게 울부짖는다
소나무로 둘러싸인 몇 개 둥그런 무덤
그 주위에 흐드러지게 핀 진달래꽃
그 붉은 울음이 하늘로 향할 때
죽음과 삶이 다정히 손잡고 하늘을 떠 다닌다
이 사월에 부는 바람은
그래서 까마득한 과거와 현재를 연결하고
희미한 안개 속의 미래를
어렴풋이 가슴에 안겨준다
그래서 우주 속의 바람은
이리저리 왕래하며 모든 것을 장악한다
그런 사월의 바람이
지금 이 벌판에서 춤을 춘다

개나리꽃

잎보다 먼저 노랗게 물들여진
개나리꽃을 본다
이름도 알기 전에 사랑을 배운 탓일까
저렇게도 황홀하게 노란색깔을 자랑함은
봄의 사나운 바람은
아직 충분히 따뜻하지도 않은데
봄비를 흠뻑 마시는 것이
땅 속의 슬픔을 모두 간직한 모양이다
빨간 색깔도 있고 청남색도 있으련만
굳이 노란 색만을 고집함은 무슨 연유일까
쓸어져가는 담장을 부추기며 쏟아질 듯이
꽉 조여 노랗게 웃고 있음은
우리 역사를 보는 듯하다
한국 땅 어느 곳이나
마른 땅과 진 땅을 가리지 않고
언제나 풍성하게 피어남은 한국인만큼이나
끈질기고 끈질기기 때문인가
이제는 노란 사랑은 갔어도
푸른 잎이 더욱 싱그럽다

목련이 춤을 춘다

어제는 봄비가 촉촉하게 내리더니
오늘 아침 교정에 흰 목련들이
일제히 단장하고 춤을 춘다
따사로운 햇빛, 상쾌한 아침 공기
붉은 살구꽃과 어깨를 나란히 하며
혹은 푸른 솔잎 사이사이에서
수줍게 꽃망울 터뜨려
순결하게 피어 있구나
신부의 볼록한 가슴 같은 흰 봉우리여
흙바람 불고 황량했던 겨울 들판 다 지나
이제는 미소 지으며 향기를 품어내는구나
너의 흔드는 손길과 춤추는 자태가
이리도 부드럽고 감미로울 수 있는가
가슴을 파고들어 환희로 너울너울 춤을 추다가
저 아득한 푸른 하늘 속에
그 모습대로 영원히 간직되기만을

잎보다 꽃이

대청호를 둘러싸고 구불구불 도로 양편에
녹색 비단 여린 새순
사이사이 하얀 세상 수놓았던
잎보다 꽃이 먼저 피어남은
순수한 마음이 앞장선 게지
그런데, 벌써 꽃잎이 진다
그 자태를 감상할 시간도 주지 않고
이내 자취를 감추려하니
아깝고 애련하구나
사라진 후에야 깨닫게 되는 것은
나의 우둔함이지
네가 준 귀한 교훈은
빈 공간이 있어야 채움이 온다는 것
죽음을 통해 삶이 조금은 보인다는 것
너 따라 하얀 세상 가려면
아직도 비바람 더 맞아야하는가 보다

라일락 향기

벚꽃이 지고 그 옆자리에
하얀 라일락 꽃향기
가슴을 파고든다
오늘처럼 봄바람이 거세고
봄비마저 을씨년스럽게 흩날리는데
라일락 꽃향기는 추억과 욕망을
마구 흔들어 놓는다
하얀 꽃과 분홍 꽃이 나란히
바람 따라 사이좋게 누웠다 일어선다
라일락 꽃 향기는 어느 사이
온몸을 휘감고
산허리를 돌아 서쪽으로 퍼져갈 때 쯤
이름조차 희미해진 그리움
엉금엉금 기어 나와
이 봄을 향기에 취하게 하네

라일락의 모습

가장 부드러운 봄날
너처럼 가냘프고 애달플 수 없지
금방이라도 꽃잎 다 떨어져
눈물의 바다 이룰 듯한데
흰 색의 하늘하늘한 손짓은
영원을 부르고
달려가 잡으려 하면 사라지고
짙은 너의 향기만 감싸고도는구나
그렇게 짧고 진하게
네 속살을 잠시 보이고선
이내 바람 속으로 날아가 버려
찾을 수 없는 너의 미소
그러더니 오늘 같은 봄날
급히 출근하는 층계 옆에서
진하게 향기 날리며
내 품속을 파고드는구나

5월의 녹색

푸르름이 캠퍼스를 온전히 덮고
여기저기 새내기들의 풋풋한 웃음소리
5월은 그래서 더욱 싱그럽고
공기마저 원시처럼 신선하구나
더없이 높고 푸른 하늘 향해
미칠 듯이 뛰는 가슴의 청춘
바람도 햇빛도 발걸음도
쏟아내는 분수의 물줄기도
새 역사의 나팔소리인가
싱그럽다는 것과 새롭다는 것이
앞길이 창창하다는 것이
5월의 드높은 하늘 아래서는
끓는 피와 순수한 몸부림이
하늘과 땅을 모두 소유하고
훨훨 나르는 꿈만 같구나

베란다에 꽃들이 피고

병상에서 죽음이 오고 있을 때
다시 우리 아파트의 꽃을 볼 수 있을까
절망의 캄캄한 밤에
얼마나 가슴 조이며 눈물 흘렸던가
아직 꽃이 피지 않은 난
화분 가득히 솟아오르는 로즈메리
끝없이 줄기를 뻗는 알록카시아
이름 모르는 이런 저런 꽃들
옹기종기 모여 동산을 이루었는데
일주일에 한번 씩 토요일 아침마다
물을 뿌리면 고개를 들어 올리던 꽃들
3개월 만에 다시 그 자리에 서서
죽음을 극복하고 꽃의 미소를 본다
이제는 더욱 건강하여 진지하게
모든 살아있는 것들과 호흡을 같이 하며
하늘을 우러러 살아보자고

소녀

신선한 아침의 영롱한 이슬이어라
하늘거리는 샹들리에의 휘황한 빛이어라
너는
조금 있다 져버릴 산당화 꽃이어라

촉촉이 머금은
눈물로 내 가슴을 적실
하염없는 봄비여라

섬세한 조가비 같은
하얀 귀 밑으로
잔잔히 흐르는 미소는 슬픔을 머금고

아지랑이 속으로 하얀 손수건 흔들며
이제는 멀리 가고 있는 봄의 애원이어라
가슴앓이는 그칠 줄 모르고
깊은 밤 속으로 한없이 빠져든다

보리밭

내 어릴 적 보리밭은 푸르고 무성했다
숨바꼭질하려면 바다처럼 깊었고
목청 돋우어 노래 부르면
동네 애들 모두 모이고
밟아도 밟아도 다시 일어나는 보리의 잎들
성황당을 비켜 돌아서면
언덕위에 펼쳐진 너의 넓은 가슴엔
온갖 꿈과 미래 바람결에 일렁이고
푸른 네 얼굴이 누렇게 익어갈 때면
푸짐한 여름 날씨처럼 아낙네들 함박웃음 웃고
내 어릴 적 보리밭은
이제 논공단지로 모두 변했고
높은 굴뚝 연기 날리면
추억처럼 가슴만 아리게 한다
내 어릴 적 보리밭엔
피리소리 들리고 종달새 지저귀며
바람 소리 신명을 돋구었는데
이제는 모두 바람 속에서 추억으로 나부낀다

나의 꽃밭엔

나의 꽃밭엔
세르비아를 심어요
높지도 낮지도 않은
빨간 마음을 심어요

어느 여름밤을 지키는
소낙비
나의 꽃밭을 그리도 어지럽혔지요

지리한 시간들이
장마 끝에 헝크러질 때
문득 너의 모습은 정녕 고와라

시골 조그마한 학교 뜨락에
무명 교사의 마음만큼이나
흐뭇한 너의 넋은
이제 붉게만 피어나는구나

나의 꽃밭에
또다시 비추일 작은 꽃이여
너의 뜻은 하늘을 떠 바치는 기둥

나의 꽃밭엔
세르비아를 심어요
낮지도 높지도 않은
빨간 마음을 심어요

하얀 세상으로

이 아침 창문을 여니
하얀 목련꽃 흐드러지게 피어있다
기나긴 밤 흙바람 몹시 불었건만
아침 햇살에 눈부시게 빛나는
목련 꽃 환한 웃음으로 다가온다
그 세계 속에 떨리는 추억
아름답고 고귀한 것만 기억하라고
살랑 살랑 봄바람에 마음 주고
슬프고 서러운 것들은
모두 사라져 버리라고
고운 손 흔들며 나를 맞는다
하얀 세상에서 목련 꽃 춤출 때
다가올 봄이 너울 너울
온 세상을 감싸고돈다

때 이른 여름

푸른 녹색의 숲은
때 이른 더위로 숨이 찬 듯
아지랑이 속에서 현기증을 일으킨다
찬바람 세차게 윙윙거리더니
어느 사이 숨을 헐떡이며
이 동산은 더위 속에 파묻힌다
세차게 부는 바람에 가지들 휘어지고
세월은 이제 걸음을 멈추고
한 해의 중앙에서
무성하게 성장하여 새로운 세계 만들고
이곳저곳에서
풍요의 함성이 들리면
이 여름은 더욱 뜨겁고
우리의 가슴도 벅차오를 것이니
때 이른 여름 날씨에
모든 것이 한 발짝씩
앞서가는 감격을 보리라

긴 가뭄 끝 소나기

소나기 마구 퍼붓고
천둥번개 소리 요란하다
대지가 가뭄으로 갈라지며 사막 같더니
지금 이 굵은 소나기에 입을 헤벌리고 있다
너무 많은 빗물이 한꺼번에 쏟아져
만물이 너울너울 춤을 추고
답답하고 시큼했던 마음 넋을 잃는다
저 깊은 숲 속은 순간 어둠으로 변하고
자작나무 깊었던 북유럽 추억이 마구 몰려온다
답답하고 짜증나던 모든 일
거대한 흙탕물에 떠내 보내고
천둥소리와 함께 가슴 후련하다
거센 돌풍 불어와
들판을 휩쓸고 지나가면
모든 것 신선해지리니
긴 가뭄 끝의 소나기는
새 세상을 여는 하늘의 축복이다

옹기종기 모여 앉아

저 순박한 시골 장터에
옹기종기 모여 앉아
오손 도손 이야기꽃 피우고
그러다가 한 잔 두 잔에 취하면
춤사위 저절로 손끝이 신명나고
날아갔다 날아오는 추억
이제는 쭈그러진 얼굴
흰 백발에 절름발이 걸음이라도
영감은 가고 희미한 사진 속
낡은 미소가 아른아른
저녁 굴뚝 연기 속에 흘러가도
서러운 세월 속 어디선가
이리 오라며 손짓하는
따스한 안방 구들 장 이불 속
그렇게 인생의 길이
저 실개천 따라 바다에 이른다

언덕에 올라

꼬불꼬불한 길 걷느라 지치고
비탈길 오르느라 기진맥진했으나
언덕에 올라
저 아래를 본다
끝없이 펼쳐진 드넓은 평야
길게 흐르는 강 물줄기
눈을 이고 있는 높은 산
그 위로 피어오르는 뭉게구름
어느 것 하나
아름답지 않은 것이 없다
바람 불어 좋고
꽃잎이 피고 지는 것이 좋고
옹기종기 모여 있는 초가집이 좋고
긴 신작로가 어디론가 뻗어 있고
가끔씩 꼬마 애들이 깡충거리고
누렁이도 이리저리 뛰어 논다
그렇게 오고 가는 모든 것이
언덕 위에서 보면
한 폭의 아름다운 그림이어서 좋다

물의 여신이 되고파

흐르고 흐르는 것처럼 좋은 것이 있을까
아무것에도 얽매이지 않고
광활한 바다에 흡수되는 흐름

살아있다는 것이 이토록 외롭고 괴로울 때
너 물의 여신은 조용히 다가와
모든 것을 흘려보내라고

어떠한 바위도 언덕도 비호같이 흘러내리는
물의 여신은 참으로 굉장하구나
아무 것도 개의치 않고

흐르고 흘러 먼 바다 한가운데 가서
수증기가 되어 하늘에 올라
미소 지으며 따라오라 손짓하네

다락방

내 조그만 다락방
이곳은 내 혼(魂)이 날개옷을 입는
대기실

이곳에서 무릎을 꿇으면
기도 소리 천상에 닿는 듯 하고
이 창문을 통하여
세상을 보고 절망의 낙엽을 태운다

내 혼은 외워 싸임을 당하고
온갖 고통과 슬픔 풀어내면
혼은 자유로운 여행길을 떠나리라

먼 나라 신기한 나라
꿈과 현실이 왕래하는
내 조그만 다락방

이 방에서 더욱 혼을 달구면
언젠가 화려한 외출을 하겠지

제2부

산다는 것이

시간이 흐른다

시시때때로 스며드는
구름 같은 생각의 고리들

조그마한 호흡들이
피부에 와 닿으면
잉태의 고통과 환희를
시간 속에 새긴다

생명은 면면히 흐르고
너와 나의 만남을 위해
지금은 시간이 흐른다

동과 서가 만나고
젊음과 노쇠가
한 몸 되기 위해
지금은 시간이 흐른다

연륜 깊어가는
여울을 따라
사상이 익어 가도록
지금은 생각을 멈춘다

움직임과 정지가
말 있음과 말 없음이
하나 되도록
지금은 시간이 흐른다

고독한 영혼

말하는 것이 싫고
만나는 것이 역겹고
세상일들이 모두
마음에 와 닿지 않을 때
한번 쯤 필요하다
깊은 휴식이
너무 시끄럽고 화려하고
치사하고 메스꺼울 때
조용히 돌아와
너와 마주 앉아야 한다

변하는 것들 속에서 변하지 않고
더러운 것들 속에서도 때 묻지 않는
한줄기 순수한
영혼의 빛을 잡아야 한다

치열한 투쟁 뒤엔 휴전이 필요하고
육중한 몸이 지쳐 누울 때 쯤
고독한 영혼은 다시 일어나야 한다

새벽마다

새벽마다 내 영혼은
잠을 깬다
찌들었던 생각들이
말끔히 씻겨지고
설레이는 가슴으로
새벽을 맞는다

싱싱하게 퍼덕이는
내 영혼

이제 후로는
곧은 길만 가자고
입술을 깨문다

붉은 피가 뚝뚝 떨어진 후
결심의 새 칼날 위에
새벽을 깨운다
하얀 시작을 위하여

정지된 시간

바람 한번 불면 가을이 오는 건데
흰눈 뿌리면 천지는 겨울잠을 자는 건데
순한 새싹 하나로 산천은 봄으로 단장하는 건데
장맛비로 여름은 무성하게 늘어지는데

지금은
아무 계절도 없는 허공에 매달려 있다
앞으로 갈 수도 없고
뒤로 물러 설 수도 없다
정지된 시간 사이로
와락 무너진 꿈들이 쏟아져 나가
백발의 노인처럼 서 있다

전설들이 구름처럼 몰려오고
열창하는 가수의 흐느낌처럼
절규해 보고 싶지만
지금은 계절이 아니라고 고개 젓는다

과거와 미래 사이에서
여름과 가을 사이에서
언제나 낯설다는 생각에 묻혀서
이 계절 앞에 그렇게 서 있다

너무 슬프다

지금까지 간신히 버티어왔는데
이제는 헤어져야 한다니 너무 슬프다
우리 따뜻하게 손이나 한번 잡아 보았나
그저 마음만 하늘을 달리고 있었지
깊은 절망의 강 저편에
너는 언제나 외롭게 서 있었다

이제 마지막 길을 간다하니
그것도 이 추운 겨울 아침에
가슴이 에이어 오는구나
너의 부드러운 손길도 잔잔한 미소도
캄캄한 밤 속에 묻어두어야 하는구나

시간이 충분한 줄 알았는데
간밤에 서리가 내린 사이 막다른 골목이구나
뒤로 다시 달려가고 싶지만
너의 모습은 하얀 하늘로 사라지고
나는 이 허허한 벌판에 허수아비로 서 있다

먼 곳으로부터 구름이 몰려오면
함박눈이라도 마구 퍼붓겠지
모든 세상이 망각 속에 빠지도록

내 영혼이나마 신음하지 말도록

하늘의 마음

내일은 6월 6일 현충일
수많은 넋들이 아직도 구천을 맴돌겠지
이 세상 너무 원망스러워
다하지 못한 사랑과
젖내 나는 아들 딸 녀석들
아비 없는 자식으로 설움 꽤나 받고 있겠지
지금은 많이도 자랐겠지
아비는 하늘에서나마 너희를 본다
눈에는 보이지 않으나
너희들 위해 밤낮 두 손을 모아보지

딱 한번만 지상에 내려갈 수 있다면
이 세상 얼마나 사랑할꺼나
산천이 두둥실 춤을 추련만
두 번이 허락되지 않는 것이 인생이구나
나 없어도 여름은 오고
너희들은 잘도 살아가겠지
잊는다는 것보다 더 위대한 것은 없지
서산에 해지면 너희들과 만날 수도 있을 거야
아침마다 해가 뜨고 있음은
나의 유일한 희망이지
그렇게 수천 번을 반복하면 세상 끝이 올 터이니

오늘도 먼 하늘가에 구름 한 점 흘러가거든
내 거기 있는 줄 알거라
하늘의 마음인 줄 알거라

오면 가는 것을

이 가을 아침에
이슬 흠뻑 머금고
너 거기서 미소 짓느냐

하얀 들국화 한송이
네 모습처럼 청아하구나
너를 이 가을에 만나다니

온갖 생각이 네 눈 속에
눈물 되어 흐르고
머릿결처럼 바람에 날리는구나

지금은 하늘이 드높은데
한가한 구름처럼 포근한데
설레임으로 다가왔던 가을
떨림으로 머물던 기다림
억누를 수 없는 마음

인생길에서는 언제나
외로움과 슬픔이 서성이고
숲 속을 헤맬 때
너는 알리라

우리가 어디쯤 있는가를

귀족의 커피 잔

우리나라 고유의 귀한 소나무로
못하나 쓰지 않고 잘 만들어진
평상이 창가에서 나를 기다린다
커피 잔을 먼저 따뜻한 물로 덥히고
핸드드립으로 커피를 내린다
그윽한 향기는 영혼을 일깨우며
이른 아침의 상쾌한 공기와 악수한다
귀족의 커피 잔에 어리는
사연과 모습들이 점점 깊어간다
한 잔의 커피는 그래서
오랫동안 조금씩 마시게 된다
그 사이에 뜨거운 커피가 서서히 차가워져
찻잔 부딪히는 소리 청아하다
귀족의 커피 잔으로 커피 마시면
신분도 귀족 될 듯
아침마다 새로운 세계 호흡한다

파카 만년필

대학교 때 우등상과 함께 받은 상품
파카 만년필, 감격하여 어루만지며
글을 쓸 때마다 그리움처럼
흰 종이 위를 누볐던 파카 만년필
이제 그 개수가 5개는 족히 된다
뭉뚱한 펜촉에서부터 날렵한 것에 이르기까지
원고를 쓰거나 메모를 할 때도 언제나
파카 만년필이 최고였지
그런데 워터맨, 몽블랑 등 형제들이 찾아오고
그래도 파카 만년필은 언제나 중심에 있다
세월만큼 오랫동안 손에 익숙해있어
좋은 아이디어는 파카 만년필에서 묻어나고
이제는 저 깊은 갱도에서 금광을 캐듯
내 삶의 귀한 부분을 글로 옮기도록
파카 만년필은 나와 세월을 같이 한다

피아노를 치는 여자

눈망울도 총총히
당신은 꿈을 펴는 마술사

조그만 입으로
진실을 머금은 채
소명(召命)을 말했지

우리의 만남에
신(神)의 뜻을 읽고 싶다던
믿음 속에 핀 한 송이 꽃

숨을 헐떡이는 현대의 한 복판에
당신은 영혼의 표시판
영원의 하얀 손짓

하얀 구름으로
차가운 서릿발로
건반 위를 나르는 그 손길

당신은 꿈을 펴는 마술사
조용히 돌아가 손짓하는
신부의 다소곳한 한복 깃

이사 오는 날

며칠 몇 날을
몸이 으스러지는 것도 모르고
페인트칠 하고 몰딩하고
커튼 맞추고 몇 개의 가구를
새로 사 들여 놓고
마침내 이사 오는 날이다
이삿짐은 회사 아저씨들이 나르고
정리 정돈하고 청소 마치면
이 아파트는 조명등에
환하게 궁전으로 변신한다
소파에 앉아 시선 돌리면 먼 산 보이고
베란다의 화초들이 도란거린다
이곳에서 좋은 일만 있으라고
아름다운 인연들만 오고 가라고
카펫 위에 몸을 뉘면
어느 사이 꿈속에 푹 파묻힌다

가질 수도 버릴 수도 없는

점심을 굶으며 샀던 책들
수천 권 서가에 꽂혀 있다
책을 펼치려면 곰팡이 냄새
짝짝 갈라지는
오래된 풀 기운에 맥이 풀린다
그래도 모든 마음을 사로잡았던
페이퍼 바운드의 책들
가지고 있기에는 너무 낡았고
버리기에는 정말 아까워
손으로 만지작거리다가
다시 서가에 넣는다
너와 같은 것이 어찌 책뿐인가
추억도 그렇게 머뭇거리지
지울 수도 지킬 수도 없는
언제나 발목을 잡는
그래서 알 수 없는 추억이라고

가냘픈 모습으로

이슬만 먹고 산다고
뜨거운 햇살엔 모습 보이지 못하고
은은한 달빛 아래서나
청아한 모습 잠시 드러냈다가
이내 어둠 속으로 사라진다
부드러운 미소는 천년을 머금고
사뿐히 걷는 걸음 속에는
모든 아름다움과 사랑이
아지랑이 속처럼 이리저리
마음을 취하게 한다
바람에 흩날리는 머릿결에
모든 꿈 빚어내고
돌아갔다 돌아오기를 수천 번
사랑이란 이름으로
하늘 끝까지 날아가고 날아간다

산다는 것이

이 아침 해가 따사로운데
너와 손잡고 거닐던 이 거리에
신선한 공기가 감미로웠었는데
이 아침엔 차갑기만 하구나
너 없는 거리는 아침이 저녁같고
서글픔을 느끼게 하는구나

항구의 비린내 나는 좌판에 걸터앉아
일렁이는 파도를 보고는
붉은 노을에 바다가 물드는 걸 보고는
찌그러진 노인들이 멍청이 서 있는 것을 보고는
산다는 것이 처량하다 생각하니
눈물을 주르르 흘렸었지

이런 항구에 다시 앉아
씻겨가는 모래 속에 과거를 모아 본다
아름답고 찬란했던 청춘이
이내 바닷물에 씻기어 가고
좌절과 절망 속에 슬퍼했던 마음은
기다림의 긴 어두운 터널을 지나
추억 속에 미소 지으려 하나
모두가 바다 속처럼 검게만 다가오는구나

바닷가에 앉아 서성이는 마음으로
오고가는 사람들을 본다
천 년 전이나 천 년 후에도 마찬가지겠지
사람들의 마음은 파도 따라 움직이고
빨간 저녁 노을
마음을 붉게 물들이면
산다는 것이 무엇인지 되내이며
어둠 속으로 서서히 모습을 감추리라

연포에서

연포 백사장으로
뒤늦게 바캉스를 간다
남아있는 사람들은 모두 십여명
이 곳 토박이 꼬마들이
여름 내내 지친 몸을
시원한 바닷물에 추스리고 있다

법썩이던 피서객들이 다 떠난
허름한 여관의 모퉁이에
멍멍이가 길게 누워있다
너희들은 뒤늦게 뭐 하러 왔느냐고

바다 끝에선 귀향하는 통통배
갈매기가 느리게 나르고
한가한 마을엔 연기가 피어오른다
연포에서 맺은 사랑들도
지금쯤 저렇게 하얗게 피어나고 있을까

긴 모래 해변을 걷는다
약간의 추위를 느끼면
저녁이 깊어감을 알 수 있다
부서지는 거센 파도 소리가

해변의 사연을 영원히 간직하려고
천년의 소리를 품고 가려고

사람들은 왔다가 갔다고
쓸쓸한 모래 해변에서
서성이고 있을 때
여관의 불빛이 희미하게 다가온다

수락계곡 오르며

돌로 된 계곡으로
빗물들은 주룩주룩 흐르는데
먼 길을 가듯
산 계곡을 오른다

앞뒤를 둘러봐도
아무도 없어
짙은 안개 속에 다른 세상 열리는데
마음은 허공을 맴돌기만 한다

아직도 문명을 등지고
이렇게 자연이 깊은 신비를 안고
흐르고 흐르는데
설움 많은 인생만이 흐르질 못한다

단절된 마음과
알 수 없는 마음들만이
이곳에 멈추어 서 있는데
수락계곡은 자꾸만 안개 속에 숨어든다

선운사(禪雲寺)에서

깊은 가을 단풍에 선운사는 잠들고
잎새 모두 떨구어 낸
높이 솟은 감나무엔
진홍 빛 감들
구름 한 점 없는 파란 하늘과
푸른 동백 사이에서 절묘한 조화 이룬다

계곡 따라 갖가지 모양 단풍나무들
저마나의 색깔을 빚어내어
산자락이 온통 아롤아롤하다
하늘과 단풍과 계곡이
별천지를 이루는 길을 따라
한참 오르면
장사송(長沙松)이 늠름히 버티어 서 있다

정조굴에서 깊은 명상에 젖어든 임금님
지고한 뜻이 나무로 우뚝 섰는가
깎아 세운 듯한 바위 끝에
청청이 서있는 소나무 거느리며
시끄러운 세상 등지고
깊은 산 중에 새 세상 열었을까

바람소리는 영혼을 흔들고
천 년 전과 만 년 후가 한 순간처럼
선운사에선 단풍으로 물들고
너와 내가 못다 한 사연들이
굽이굽이 계곡물 따라 흐른다

고운 옷을 입고
깊이 잠들어 있는
선운사에서
모든 것은 떠나가고
다시 돌아온다

밤으로 가는 길

오늘은 매우 우울하다
짙은 회색이 온 천지를 뒤덮고
어제 내린 비로 가로수들은 떨고 있다

짓이겨진 낙엽들이 강한 찬바람에
얼음처럼 땅에 박혀있다
자동차 경적 소리 더 날카롭고
어젯밤의 악몽이 이 거리를
다시 활보한다
검은 화산재가 하늘을 덮는 듯한데
골목길에 한 노파 지팡이에 의지해
대문 앞에서 서성인다
철컥 철컥 이웃집 대문 닫히고
계절의 끝에서 신음하는
녹슨 기찻길이 가물거린다
밤으로 가는 길에 만나는
못된 추억과 장대비 같은
서글픔들이 꾸역꾸역 모여들어
거대한 산을 이루며
밤을 향해 무겁게 움직인다

내 자리를 지킨다는 것

제일 처음 출근해 커피 끓이고
「다락방」의 오늘 명상에 잠기고
영어 문장을 읽는다, 내 영어 실력이 줄지 않도록
컴퓨터를 켜고 이메일을 체크하여
세상과 소통한다, 최소한의 제스처이다
스케치북을 꺼내 그림 한 점을 구상한다
그리고는 전공서적을 읽고 메모한다
계획한 저서를 위한 꼼꼼한 기초 작업이다
이 노트들이 두터워지고 생각이 구슬처럼
꿰매지면 글을 쓰기 시작한다
한 권의 귀한 책이 마무리된다
책으로만 깊이 있게 진리와 만난다
진리는 활자 속에 있고
활자를 통해 진리는 자꾸만 키를 높여간다
그 지식의 깊은 숲 속에서
길을 걷는 것이
내 자리를 지킨다는 것을 다짐한다

눈물을 머금고

인간의 영역이 아닌 것
불치의 병 앞에서 주르르
가슴을 쓰러 내린다
어떤 말도 어떤 행동도 불가능한
절체절명의 순간에
가슴 깊은 데서 솟아오르는 원망과 분노
그것이 나에게 너무 가까운 사람이라서
차라리 나였으면 나을 것 같은
어머니 마음, 사랑하는 이의 마음
하늘도 낮다하고 바다도 좁다한다
너의 죽음을 보아야 할 시간이
점점 가슴을 조여온다
아무것도 필요 없다
네가 다시 미소 지으며 걸어오기만을
그런데 그런 환상은 순간
저기 검은 구름으로 함몰하는 시간에
그저 눈물이 전신을 마취시킨다

슬픔이 아니라고 하네

내가 믿고 의지하는
내 생명의 전부인 네가
이제 이 세상 마지막 길을 가는구나
유난히 총명하고 정이 가던 아이
청년이 다 되었는데
대학생이 되려고 밤샘하며 공부했었는데
너를 보내고 돌아오는 길 내내
너는 내 손을 꼭 잡고
내 속에서 새록새록 잠을 자더구나
내 앞엔 캄캄한 절망이 너무 무섭다
너 없이도 이 생명이 붙어 있다는 것
비참하기도 하고 원망스럽기도 하구나
남들은 쉽게도 그저 슬픔이라 하지만
나는 아직 너를 보내지 않았다
내 속에서 새 생명으로 영원히 머물러다오
그래서 그저 난 슬픔이 아니라고 하네

홀로 있으면

근심 걱정으로 온몸 지치고
마음마저 천 길 벼랑에 떨어질 때
내 마음 돌볼 여유조차 없어
곤두박질치며 절망의 수렁에 빠질 때
그때는 제발
홀로 있게 하소서

모든 사람과 단절되고
모든 일들과 떨어질 때만이
내 마음의 소리 들을 수 있을 테니
그때는 제발
진실의 소리, 신비의 소리, 영혼의 소리
간절히 듣게 하소서
그 소리 한마디에
내가 죽고 살며, 살고 죽는
참으로 고요 속에서
나만이 하늘의 소리 듣게 하소서

흔들리는 중심

흔들리면 중심이 아닌데
흔들리는 중심에 서서
무섭게 떨고 있다
너의 외면에 와르르 무너지는 중심
꿋꿋이 살아간다 다짐했는데
이렇게 또 쓰러지는가

모두가 사라져 없어지고
파도 소리만 비바람에 지척이는
바닷가에서처럼 외로워하고 있다
달려온 길과 달려갈 길이 만나는
이 지점에서
그래도 미래가
바람으로 손짓하기를 기다린다

연구실을 생각하며

조용한 가운데 책을 읽고
생각하고 글을 쓰는 공간
그것이 나의 연구실이다
창가에 소나무 탁자
그 감촉이 너무 좋고 한 잔의 커피를 끓여
그 위에 놓으면 뜨거운 온기 가슴속을 파고든다
의자를 한 바퀴 돌리면 컴퓨터 화면 다가와
세상의 온갖 지식 재빠르게 전해준다
경제는 주식의 빨간색으로 파악되고
검색순위 첫 번째는 언제나 정치
그래서 세상 돌아가는 법 알 수 있지
그런데 그런 공간이 지금 잠시 사라졌다
리모델링 한다고 한 달째 부수고 뜯고 난리다
먼지만 가득하고 온갖 물건들 어지러운 연구실
잠시 들려 그 황량함에 어리둥절 한다
그토록 많았던 책들, DVD들, 성능 좋은 오디오 기계들,
벽을 장식했던 아름다운 그림들
주인이 없는 이 공간은 황폐 그 자체
지난해에도 한 달 반 동안 주인 없어 먼지만 쌓였는데
지금 또 고아처럼 버려져 있다
눈앞에 두고도 출입이 불가능 하다
주인은 그저 가슴 아파하며 서성이고 있다

연구실의 책들 정돈되고
창가에서 다시 탁자 위의 커피 향
은은히 배어나면
영혼이 고향에서 너울너울 춤을 출 것이다

이제는

이제 내 나이
뒤를 돌아볼 시간이 되었네
투지와 고집으로 달려왔던 길
너무 많은 것들이 몰려와
사면이 캄캄하구나
꿈도 많고 포부도 컸었는데
이제는 모두 신기루같기만 해
아침처럼 열심히 달려왔는데
피곤하여 쓰러진 자리에
문득 갈색 낙엽들
펼쳐보는 옛날 노트 갈피 속에
슬그머니 나타나는 청춘
입가에 미묘한 고소를 띄운다
나도 소사에 작은 집짓고
호숫가 거닐며
푸른 마음으로
밤하늘의 별 쳐다보며
동화 속처럼
다시 꿈 그려볼 날도 있을까

마음

가도 가도 끝없고
아득하기만 한 인생길
마음의 갈증 점점 더 커지고
한 순간에도 수천 갈래씩
찢기고 아파하는 마음
형체 없는 소용돌이

하늘에 떠돌고
지옥에 갇혀도
끈질기게 돋아나는 마음의 파문

산새들도 제 집으로 돌아가고
바람과 구름도 소리 없이
어디론가 사라지는데
너는 아직도 가야할 길 몰라
허둥대는구나

본래 아무것도 없는 것인데
있고 없고가 모두 허상인데
존재의 그물에 갇혀 아직도 신음하는구나

1994년 여름

내 전 생애 앞뒤에
금년 같은 해가 또 있을까
아찔한 현기증에 죽을 것 같다
세상은 기상대가 관측한 이래
최고의 더위라고 아우성을 치고
비 한 방울 내리지 않아
적도의 사막처럼 푹푹 찌는데
고통으로 가슴은 찢어진다

슬픔은 하나씩 오지 않고 연대를 이루어 온다더니
이런 저런 일들 가혹하게 영혼을 짓누른다
몇 만분지일의 확률과 같은 사건
날벼락인가 처참한 운명인가 가늠할 길 없구나
이 세상 어느 누구도 이해할 수 없는
나만의 고통과 나만의 지옥

가장 처절한 절망의 숲을 헤맨다
한가닥 희미한 길이 보일듯하다가도
어느 사이 천길 벼랑 끝

수많은 한숨과 고통의 강가에서
정금같이 연단되는 시련을 본다
온갖 절망과 환난이 한 곳에 모여지고
그 끝 언저리에 무엇이 올 것인가
가장 비참한 기로에서
고난과 영원이 어떻게 만날까

밤이 캄캄할수록
고통스런 인생의 터널이 길수록
새벽이 멀지 않았다는데
1994년 여름 같은 해에도
살아남을 수밖에 없는
존재의 운명

제3부
더블린의 집시

슬픔의 강 건너면

슬픔의 강 건너면
도란도란 속삭이는 꽃들 피어있을까
고통의 계곡 넘어가면
환하게 미소 짓는 아침 햇살 있을까
그때가 되면
네가 한없이 눈물 흘리지 않고
네가 너무 힘들어하지도 않는
평온한 호숫가에 배를 저을 수 있을까
낙엽 지면 겨울 오듯
지겨운 인생 다 가면
손에 손잡고 웃음 짓는
포근한 마음 안개처럼 젖어올까
그 정도는 이미
저 건너에서 손짓하고 있을까

북 카페 하나 열어

뒷산에는 우거진 소나무 숲
앞에는 푸른 초원 펼쳐지고
산 옆구리 굽이도는 강물 흐르는 곳에
북 카페 근사하게 서 있다
카페 벽에는 여행지에서 가져온 각종 기념품들
추억처럼 진열되고
케케묵은 수많은 책들
고요히 흘러나오는 잔잔한 고전음악
이곳에 들어서면 벌써
마음은 동화 속에서 한가롭다
갓 볶은 커피 직접 갈아 그윽한 향 피우고
아침부터 반죽한 진한 고급 빵
입맛을 돋우며 향수처럼 와 닿는다
여기서는 모든 것이 회색이나 갈색 되어
낡음이 귀하게 여겨지고
존재의 가벼움이 육중하게 가라앉는다
철부지들은 조잘대고
이야기꽃이 여기저기서 피어날 때
어스름한 저녁연기와 더불어
부슬부슬 봄비가 내리면
어둠이 존재의 의미를 감싸고돈다

영어 공부하던 소녀

열다섯 영롱한 눈빛으로
영어 알파벳에 심취하더니
대학 영문과에 들어갔다

달빛같이 여린 손으로
콘사이스 펴들기 수만 번
어제는 워싱턴에서 엽서가 왔다
한글은 하나도 없이 영어로만

영어를 어렵다고 하더니
이제는 흘려 쓴 영어글씨가
엽서를 가득 채우고도 남는구나

이 땅의 가난과 설움을
오기 하나로 버티어
영어공부만 하더니
어느 사이 미국의 모퉁이에 서 있구나

상담학을 공부해서
세상 구석의 못 배우고
배고픈 아이들에게
봉사하겠다는 너의 조그만 가슴이

오늘은 하늘처럼 넓어 보이는구나

미국에 갔다 와서 시집이나 잘 가라 했는데
불쌍하고 비참한 사람들 눈물 씻어주는
사랑의 사도가 된다며
콘사이스를 더욱 뒤지는
수척한 너의 모습이 오늘따라
더욱 영롱하게 다가오는구나

2012년 런던 올림픽

안개와 신사의 나라 영국
그 수도 런던은 들끓고 있다
스포츠의 열기와 찌는 무더위
세월이 갈수록 지구는 타고 있는가
오늘은 36.5℃이다
강렬한 태양빛에 5분만 걸어도
숨이 확 막혀도
런던 올림픽은 뜨겁게 달아오르고 있다
코리아가 오늘로 금 8개로 세계 랭킹 3위란다
한국인의 집념, 투지, 악바리 정신
한국인도 놀라고 세계 사람도 놀란다
경제도 스포츠도 이젠 선진국인데
아직도 이곳 뒷골목에서는
낡은 구호와 비참한 함성으로 시끄럽다
올림픽에서 타오르는 성화를 배경으로
솟아오르는 태극기와 금메달이
뜨거운 바람으로 거센 소낙비로
이곳에도 펑펑 내려
진정한 금메달로 영원히 빛나기를

밀톤(Milton)의 숨결 느끼며

학창시절엔 독서에 몰두하며
12살부터 밤12시 이전에 잠을 잔적 없어
기독교의 숙녀라 불리던 독실한 천재
독서와 기도와 명상으로
고전의 세계에 묻히더니
세상 더 넓게 보자고
모든 것 뿌리치고 이태리에서
개화 정신에 몰두하더니
조국에서 명예혁명 불타고 있다는 소식에
부끄러워 빨리 돌아와
소용돌이의 중심에 서서
왕정시대 마감하고 크롬웰의 오른팔 되어 새 세상 열고
필봉으로 펄펄 뛰더니
그것도 잠깐
왕정복고로 모두들 단두대의 이슬로 사라지는데
밀턴의 천재적 시혼(詩魂) 아끼던 분들
목숨만 살려주어 칩거에 들어가네
48살부터 실명(失明) 되어
14년간 암흑 속에 갇히나
시의 영감은 더욱 빛나나니

그의 딸 밀톤이 하는 한 마디 한 마디
또박 또박 적어내어
『실낙원』, 『복낙원』, 『투기사 삼손』 등
걸작들 문자로 완성되었다
이렇게 빛나는 한낮에 완전히 눈멀었으나
오히려 영혼은 더욱 밝아진 그대
실명(失明)은 오히려 통찰력을 주고
이혼의 아픔은 낙원의 의미 반추케 하고
완벽한 언어로 창조해낸 작품 속에
그대의 숨결 더욱 깊이 스며드네

아동문학 발표장에서[1]

완전 곱슬머리 미셸의 유창한 영어
당당한 체구의 로제(Roge)
시종 미소로 생긋 거리는 캐럴(Carol)
마니아들끼리 머리를 맞대고
듣고 적고 토론하면서
깊이 빠져들어 간다
할머니의 흰머리도
아주머니의 중후한 눈빛도
아가씨의 해맑은 미소도
모두 조화 이루며 반짝 거린다
인생을 배우다가 숨을 거둘 때까지
이렇게 동심(童心)은
가슴에 잔잔한 파문 일으키고
발표장은 어느 사이
은하수 아래 발을 뻗는다

---

[1] 이하 몇 편의 시들은 2010년 8월 미국의 샬롯 아동문학 발표장에
서의 느낌에 기초한 것임.

사라(Sara) 양에게

검은 머리에 깡마른 체구
가냘픈 목소리
초롱초롱한 눈망울은
입양된 미국 국적 소녀의 전형이지
목소리엔 설움이 담기고
겁먹은 얼굴 표정이지만
눈치를 슬슬 보면서도
당당하게 미국인보다도 더 유창한 영어로
좌중을 압도한다
서러운 땅에서 한 송이 장미가 되고
황량한 벌판에 한 마리 제비 되어
고국의 소식 전하는
너무 슬프고 당당한 사라 양

샬롯(Charlotte)의 밤거리

샬롯 밤거리는 현란한 조명들과
시끄러운 오토바이 굉음으로
갑자기 광란의 거리로 돌변한다
조용하고 평화스러운 아름다움은
어둠과 더불어 소리 없이 사라지고
청년들은 찢긴 청바지 자랑하고
아가씨들은 머릿결 출렁이며
담배 피우는 것은 기본이고
맥주에 취해 비틀거리며
정신을 모두 내팽개친 듯
극장 입구에서 장사진을 이룬다
연극을 보기 전에 이미
인생에 취한 것이겠지
어지러운 삶이 이 시간에는
온통 밤거리를 삼킬 듯하다

샬롯의 매리어트 호텔 방

지금은 새벽 1시
매리어트 호텔 방에서의
불면의 시간
어느 누구와도 단절된
절대 고독의 시간
며칠째 고열과 두통으로 시달린다
외국 땅에서 몸이 아프다는 것
우주 공간에 붕 떠 있는 야릇함
그리고 깊은 절망감
싸움을 위해 철저히 준비하고
이기자고 두 주먹 불끈 쥐고
다짐하고 혀를 악물었었는데
지금은 몽롱한 의식 속에서
몸을 가눌 길 없다
그래도 내일 발표를 위해
원고지와 씨름하는
호텔방에서의 불면은
나를 이기기 위한 유일한 시간이다

쏠베이지 송

인생은 외롭고 고달퍼도
노래는 즐거워야하는데
구슬프게 들려오는 쏠베이지 송
포근한 보금자리 마련하기 위해
만리타향에서 돈 모으느라
세월에 청춘이 가고
머리엔 하얗게 서리가 앉았네
모진 세월 온갖 풍상 맞으며
마침내 돌아온 고향 언덕
외딴집에 이제는 타인이 된 아내
물레질하는 고운 자태는 여전한데
자신의 정체를 밝히지도 못하고
방앗간 집에서 머슴살이하다가
죽음의 무릎에 누워
사랑했노라, 너의 품에 잠드노라
쏠베이지 억장 무너지나
모두가 숲 속에서 꿈처럼 지나간다
그래서 쏠베이지 송은 하늘가를 맴돌며
영원한 사랑을 가슴 속에 전한다

라르달 호수

저녁 어스름 몰려오는 라르달 호숫가
산책길 따라 걷다가
시선이 멈춘다
호수 저편 푸른 숲 밑에
작은 집의 희미한 불빛
가물거리고 어둠은 안개처럼
사방을 고요히 휘어 감는다

라마르띤느가 추억에 잠겨
쓰라린 가슴을 어루만지며
무겁고 힘없는 걸음으로 걷던 길
손잡고 다정히 다가왔던 그리움
세월 흘러 소식조차 모르는데

몰려오는 작은 파도 물결
스쳐 지나는 저녁 바람
이 깊은 호수는 알련가
그대와의 즐겁고 애달프던
이야기들의 신비했던 미소를

더블린의 가을비[2]

거리는 우중충하고
찬바람이 가슴을 시리게 하는데
시도 때도 없이 빗줄기 뿌린다
우산도 없이
거리를 급히 뛰어 건물 안으로 들어선다
이 곳 사람들은 뛰지도 않는다
일상이 된 기후에 별 반응이 없는 거지
숨을 헐떡이며 쇼핑몰 안에 들어오니
거짓말 같이 햇빛이 확 비춘다
모든 것이 때로는 거꾸로 선 듯
정신마저 몽롱해 질 때
짙어오는 저녁노을이
리피강을 검붉게 물들이고
아낙네들의 빨래 소리 대신
사진기 셔터를 눌러대던
관광객들이 좁은 하페니 다리 위에서
어깨를 서로 부딪힌다
분주하고 빠른 발걸음 사이에서
추억과 켈트의 전설이
강물 깊은 곳으로 가라앉는다

---

[2] 이하 몇 편의 시는 2013년 11월 7-13일 더블린의 학회 참석하며
느낀 것들임.

더블린의 집시

이 어설프게 추운 초겨울 아침에
들어주는 사람도 없는
어둡고 지저분한 뒷골목에서
기타 치며 노래하는 더블린의 집시
어깨 위로 슬픔과 처절함이 흘러내리고
음침하게 내리던 빗줄기
진눈깨비 되어 거리에
뚝뚝 떨어질 때
두꺼운 외투 사이에
갸름한 어깨 내밀며
쫑긋이 귀를 세우는
얄미운 여인 사이로
칼날 같은 비운이 스친다
집시보다 더 정처 없이
그 기타소리보다 더 처량한
한 사람이 그 복판에서
허공을 향해 긴 하품을 한다
지루하고 남루한 이 흩어진 거리에
집시처럼 떠도는 것이
어쩔 수 없는 길인 것을

리피 강에서[3]

여기는 아일랜드 수도 더블린
11월의 추위가 몰려와
외투 위에 두툼한 목도리를 칭칭 감아도
흩뿌리는 차가운 비에 몸이 움츠러든다

리피 강 물줄기는 다가올 추위에
부르르 몸을 떨며 더블린을 휘어 감는다
하페니 좁은 다리 위로
역사의 무게만큼이나 많은 사람들
리피강의 슬픔에 잠시 기대어
줄줄이 이어지는 애비 극장의 사연을
강물 속에 풀어헤쳐 본다

저기 끝없는 들판 위에
은하수처럼 피어올랐던 크로바 꽃길로
바다로 달리는 기사는 죽음을 두렵다하지 않고
조국의 배반과 지겨움에 정면으로 싸웠다
몇 미터의 눈 속에 사랑도 죽음도 묻히면
봄날의 따뜻한 온기로
이 리피 강은 슬슬 풀어지고

---

3) 더블린의 중심을 흐르는 강으로 조이스의 『율리시즈』 작품의 주
요한 무대임

아지랑이 속에서 두 손 들고
달려오는 조국의 독립투사같은
기적 같은 새 삶이 온 우주를 덮도록
지금은 차가운 바람과 지척이는
빗소리만이 추억 속에 파묻히고 있다

집시가 부르는 노래

너는 이층에서 피아노에 맞추어
알 수 없는 애절한 노래로
무의식 저 속에 누워 있는
문자를 소리로 풀어내려 한다
아래층 부엌 끝은
더러운 리피강의 썩은 냄새가
아무래도 아침 식사를 망치게 할 듯
여기저기서 비난의 소리들이 탁탁거리고
내가 두드리는 도마 위의 칼질 소리는
죽음을 재촉하는 마지막 몸짓
하여 우리가 함께 살던 이 좁은
공간은 하늘에서 분해되고
그 잔재들이 이 거리 저 거리를
허수아비처럼 서 있다
가끔 요란히 울리는
저 기타와 북과 하모니카의 소리로
집시의 가슴 속에 처절히 흐르는 가락들이
땅 속으로 파고들어
지하에서나 바다와 만나려 하겠지

템플 바에서

템플(Temple)은 사원이란 뜻이고
바(Bar)란 술집이란 뜻인데
그러면 템플 바란 사원에 있던 사람이
너무 답답하고 외로워
술을 마시러 온 곳이란 뜻 아닌가

하기야 이 괴로운 세상에
사원에 있다고 마음이 온전히 평화롭지는 않았겠지
한 잔의 맥주가 잠시 위로가 되고
꿈속으로 달려가는 유일한 출구가 되지

이 밤 춥고 외로워 유명한 기네스 한 잔을 주문한다
창가의 테이블에는 붉은 빛이 서리고
좋은 자리에 앉은 나를 부러워함일까
거리 지나는 사람들 연신 눈길을 준다

쓰디 쓴 기네스 흑맥주
과거와 현재를 모두 쓸어 담은 듯
목을 축이는 그 느낌이 칼에 손을 베인 듯하다
찡 전해오는 환희와 고통
가장 처절한 곳에서
가장 확실하게 느끼는 것은 고향의 향수

이제는 싸움과 방황을 멈추고 돌아가야 하는데
청춘의 오기와 미래의 도전이 여기서 멈출 수 없어
부딪히는 잔소리 찰랑할 때
과거와 미래는 악수하며
이 더블린 거리에서 영원을 추켜세운다

랍슨 강에 떠나보내는 추억

돌아서면 성큼 잡힐 것 같은 추억
때론 너무 반갑게
때론 너무 슬프게
두 손 꼭 잡고 거닐던 강가
천 년 전의 숨소리처럼
추억은 안개 속에 말없이 녹아지고
랍슨 강물은 더욱 세차게 요동친다
앞과 뒤가 하나 되고
위와 아래가 없어지며
과거와 미래가 한 줄로 서 있는데
떠나보낸 추억이 앞에서 길을 막아서며
흐르는 강물에 말을 건넨다
거꾸로 가는 시계는 없느냐고
환한 얼굴에 금방 눈물방울이 뚝뚝
바람이 휙 불어
어깨동무한 추억과 미래가 희미해진다

눈 오는 히로시마 거리

매서운 바람 몹시 불어
눈 뜨기조차 어려운데
흰 눈마저 펑펑 쏟아진다
세상이 꽁꽁 얼어붙고
거리의 사람은 말할 것도 없고
자동차마저 사라진지 오래다
공원 속 벤치 위에 수북이 눈이 쌓이고
두꺼운 재킷으로 몸을 감싸고
눈 위를 어렵게 걸어본다
추위와 눈과 슬픔의 무게가
여기쯤에 서서 앞뒤를 돌아보게 한다
달려온 길과 달려갈 길이
이 쌓이는 눈 속에 하나가된다
이제는 캄캄한 하늘
끝없는 벌판
그 어느 것도 아닌 곳에서 부르르 몸을 떤다
한 세대가 가고 다음 세대가 오기까지는
이 몸이 꽁꽁 얼어붙어
흔적마저 사라져야 되겠지

혜란 강은 흐른다

혜란 강은 일송정 굽어 돌며
북쪽에서 남쪽으로 흐르는데
그 물줄기 아직도 푸르지 못하고 흙탕물이네

하늘은 더 없이 푸르고

들판은 끝없이 옥수수와 콩잎들로
푸른 비단을 깔아놓은 듯
바람결에 춤을 추며
하늘로 두 손 높이 힘차게 뻗히는데

내 조국 땅 한국은
아직도 남쪽과 북쪽으로 나뉘어
아귀다툼 벌이니 이내 가슴 무너지네

서로를 돕지 못하고 비난하며
아직도 총부리 겨누고 있는
이 지상의 마지막 분단국가

이 지경이 기가 막혀
독립투사들과 순교자들
아직도 편안히 잠들지 못하고

진흙 속에 몸부림치며 울부짖어

혜란 강은 이렇게 흙탕물로 흐른다네
언제 남북한 손잡고 다정히 걸어갈까
예수님 가슴에 품고 감사하며 뛰어다닐까
혜란 강은 지금도 부른다
독립투사와 순교자의 붉은 피가
맑고 푸른 평화의 강으로
깊이 깊이 흐르기만을

가깝지도 멀지도 않게

아침부터 무섭게 후두기는 빗소리
이별의 아픔이 쏟아지는 소리
아직도 시간은 많이 남아 있는 듯 했는데
이렇게 빨리 이별이 오다니
이제는 가슴 아파해도
돌이킬 수 없는 시간
가깝지도 멀지도 않게 살라했는데
생은 그렇게 질긴 인연에 갇히고
벗어나려는 시간은 길기만하구나
보내는 아픔과 고통이
오히려 생을 더욱 단단하게 하리니
눈물 펑펑 흘리며
소낙비에 몸을 맡기면
진주처럼 마음의 꽃도 피어나리

이 고단한 삶

그 사람이 다가와 말을 건다
우리는 한 번도 만난 적이 없는데
실직 후 이혼당하고
병마까지 찾아와 꼼짝 못하겠다고
거대한 바윗덩어리처럼
그의 앞을 꽉 막아서는 절망
그래 희망도 용기도 살아갈
마음조차 꽝꽝 얼어붙어
칼바람만 부는
얼마나 허허한 벌판이냐
그 낯선 사람이
더욱 뚜렷이 나에게 다가와
나직이 속삭인다
나와 자신이 똑같은 사람이라고

가을 거리엔

노란 은행잎이 거리를 덮는다
찬바람이 휙 불어
떨어져 뒹구는 은행잎을
이리저리 끌고 다니다
어느 구석에 수북이 쌓아놓는다
하늘 향해 푸르게 양손 벌리고
너울너울 춤을 추더니
이제는 아무 말 못하고 짓밟히는구나
화려한 시절은 꿈속에서나
꿈틀거리고 눈을 뜬 현실에서는
노란 피만 주룩주룩 흐르게
가을비가 너를 엄청나게 짓이기는구나
모든 것이 암흑 속에 사라지라고
지상의 모든 것을 파묻으라고
이렇게 아침부터 매섭게 바람 부는구나

가을 강에 띄우는 낙엽

느리게 흐르는 가을 강에
후드득 낙엽이 진다
한순간에 모든 낙엽 우수수
가을 강을 노랗게 물들인다
넘치는 초록의 청춘은 이렇게 녹는다지만
어이 추억들은 떠나지 못하나
떨어지는 낙엽과 흐르는 물이
저 만치서 서서히 손을 흔든다
결코 다시 만나지 못한다고
낙엽이 물에 녹아 흔적조차 없고
강물도 바다를 지나 수증기로 없어지려니
수많은 세월 흘렸던 눈물
이제사 머물 곳이 필요 없음을 알고
낙엽은 가을 강에서 휴식을 취한다
그 위로 강렬하게 비추는
가을 햇살이 오늘은 따뜻하기만 하다

같이 갈 수 없는 길

도저히 같이 갈 수 없는 길 위에
우리가 지금 서 있다는 것
마음과 마음이 겹쳐진다는 것
잠시 후 해가 지고 밤이 오면
헤어져야 한다는 것
그것은 죽음과 같은 절망
그리고 때로는 배신보다 무서운
칼날의 고통
이 길에 들어서지를 말자
다짐하고 또 다짐하는 것
차라리 매정하게 돌아서는 것
하늘을 사랑한다는 것
바람을 사랑한다는 것
구름을 사랑한다는 것
저 너머 아득한 곳에서만
손짓하는 무한한 세계
그곳에 마음을 맡겨야하는
그래서 같이 갈 수 없는 길이라고

마음의 평화

고통과 외로움의 바다에 허덕이는 것은
원망과 불평의 그늘에 누워있는 것은
분노와 살기에 떠는 것은
모두 자신을 제거하지 못함이다

내가 가장 사랑하는 것
내가 가장 소중히 여기는 것
내가 가장 귀하게 간직하는 것

그런 것들은 못내 나를 올무에 씌우는 것인데
이런 것에서 벗어나지 못하고는
결코 마음의 평화와 자유 얻지 못하리니

강물처럼 흘러가고
구름처럼 흩어지며
바람처럼 떠나갈 줄 알아야

저 광대한 아름다움의 바다에 이르러
미소와 행복의 세계와 손잡을 것임을

내 삶의 우상

가는 길이 부끄러웠다
내 일만 열심히 하고 있었다
강가에서 신음소리 들리고
거리마다엔 쓰러진 자들
산등성이엔 기어가는 자들
눈망울조차 힘없이 끔뻑이는
이 비정한 도시를
나는 모르는 체 달리고 있었다
암흑 속에 쓰러져가는 것들
꽃망울조차 터뜨리지 못하고 시드는
목 잘린 할미꽃들의 수염
흙바람 속에 들리는 흐느낌
언젠가 내 안에 들어와
피와 살을 섞어야 하는 것인데
그저 애써 외면하면서 살아왔다
커다란 무지개의 영롱함 속에
이 모든 것을 가슴에 품어야 하는데

제4부

자작나무 그늘 아래, 나는 쉬려네

여기에서

지기에서 부터 여기까지
험난한 길 잘도 달려왔지
지금까지도 잘 버티었으니
앞길도 더 든든하게 달릴 수 있어
각종 장애물 가슴 아프게 하고
때로는 넘어지고 쓰러져도
눈 뜨면 빛나는 곳
어서 오라 손짓하고
부드러운 미소로 불러주니
이제는 아주 가벼운 발걸음으로
남은 길 달릴 수 있어
이제는 눈 감아도
환하게 비추어 오는 길만 달려갈 거야

30년 근속의 날에

교정엔 개나리꽃 화사하고
붉은 살구꽃도 언덕을 근사하게 물들이는 날에
내 벌써 30년 근속 표창을 받는다
근속패, 공로패, 금 15돈, 축하금, 그리고 수많은 화환
세월이 뭉쳐서 딱 멈추어 선다
30년 한결같은 세월이 인생을 가두고
이제는 첫 출근하던 설레임이
떠나가야 한다는 아쉬움으로 겹쳐진다
웃고 울었던 일, 실망하고 감격하던 일
입학과 졸업의 순환이 30년을 달리고
이제는 아지랑이 속의 꿈이 되려네
매일 아침 머리 숙여 엄숙하게 옷깃 여미며
이곳에 묻었던 꿈과 희망
모든 것 너풀거리는 자작나무 잎에 맡기고
몽블랑 만년필로
그 다음 이야기는 새로운 종이 위에 쓰기로 한다

밤이 깊었는데

밤이 아주 깊었는데 잠 못 이루고
지척이는 머릿속에
온갖 생각들이 꼬리에 꼬리를 물며
이 밤을 괴로움으로 채우고 있다
불면의 고통이 추억과 씨름하며
아픈 시간들이 절망의 끝자락에서
허덕인다 귀중한 시간이 이토록
아프기 만한 기간
목을 바싹 바싹 마르게 하고
모든 힘을 쭉 빼놓는 주사기 같은
불면
하얗게 밤을 지새우면
아침이 거역스럽다

30일 만이라도

마음에 결심한 것
내가 반드시 지켜야 할 것
30일 만 버티어 보자
자신과의 싸움이 가장 힘들고
자신을 이긴 사람이 최고의 장수라는데
자신을 통제한다는 것
참으로 힘들고 어려운 일이네
그러면서 남을 탓하고
환경을 탓하고 엉뚱한 곳에
화살을 던지니
나는 진정으로 못난 사람이어라
이제는 죽을 각오를 하고
다시 한 번 일어서리라
딱 30일 만이라도 비장한 각오로
내가 약속한 것을 지키자
어두운 밤이 오기 전에

되돌아보면

차가운 가을 날씨
세차게 부는 바람에 여지없이
떨어지는 갈색 낙엽들
되돌아보면 삶이란
나부끼는 가련한 낙엽
한 줌 흙으로 끝나는 것인데
몰려오는 어둠 저 끝에서
손짓하는 죽음의 그림자
돌아보면 누구 하나 제대로 사랑치 못하고
아픔과 고통으로 세월 다 보냈으니
눈물이 주르르 전신을 적신다
부드러운 손길로 어루만질
내 생애 마지막 위로는
지금 춥고 어두운 거리에서
나를 기다리는 그 분에 대한
간절한 소망일 뿐

모든 것은

바람으로 일렁이겠지
구름으로 피어오르겠지
추억과 회한은
강물처럼 섞이며
흘러가고 또 몰려도 오겠지
세월의 영원한 강가에
나그네처럼
서있는 것을 왜 모르겠는가마는
그래도 너무 아쉬워
또 있겠지 또 오겠지 하면서
미련에 매달려 보기도하고
인생은 그렇게 흘러가고
한 시대가 가고 또 한 시대가 오건만
마음은 그저 외로워하고 있다
넓은 시야로 보면
아무것도 아닌 모래 알 같은 놀이인데
아귀다툼의 틈바구니에서 이렇게 괴로워하나
고개를 들면 푸른 하늘
내 마음을 담을 것도 같은데
이곳저곳에 생의 몹쓸 인연들이 얽혀 있구나
바람 한번 불고
구름 한번 지나가면

모든 존재 마감될 것을

마음을 모으고

여기 소나무로 잘 짜여진
한국의 혼이 스며있는 명품 탁자
영혼이 사각 사각
날카로운 비명을 지르며
예술로 조탁된다
멍에를 둘러 쓴 노예의 의무에서 벗어나
자유의 나래를 펼쳐
더 높이 더 멀리
지순하고 고고한 세계
피의 언어를 펼치고
지성의 칼날을 벼리고
감정을 녹이고 녹혀
생애의 마지막 정열을 불태워
새로운 나라로 비상을 꿈꾸리

램(Lamb)의 연가 (1)

그냥 돌아가기엔 너무 아쉽고
다가가기엔 너무 먼 곳에 있는
애달픈 램은 지금
무거운 발걸음을 너도밤나무 뒤에 묶어 놓고
저만치 걸어가는 그림자를 본다

모든 꿈과 희망의 대상 앨리스(Alice)[4]
가녀린 풀잎 같던 마음은
이제 콘크리트처럼 굳어 사라진다
그래도 꿈속에서 매일 밤
속삭이는 소리, 사랑이 사라지는
먼 불빛 속에서만이 빛을 발하는
램 연가는 그래서 끝이 없다
온 세상이 어둠에 묻히면
비로소 하얗게 피어나는
램 연가는 오늘도
하늘가를 맴돌며
흐느끼는 가락으로 흐른다

---

[4] 램이 사랑했던 여자 시몬즈(Simmons)는 문학에서 앨리스(Alice)로 형
상화됨.

램의 연가 (2)

깊은 밤 영혼으로 깨어
그대 창가 서성이다
커튼과 함께 깊은 절망 속에 신음한다
모닝커피 향 짙게 퍼지면
기지개를 펴며 몸을 툭툭 친다
다 떨어져 나가라고
아쉬움, 그리움, 간절함
모두가 허상에 불과한 것을
그리고 흘러가면 돌아오지 않는 것을
밤마다 꿈꾸는
그래서 램 연가는
끝을 모르는 사랑의 염원
그의 시 속에서만이
숨을 멈추고 잠을 잘 수 있는 거지

램의 연가 (3)

버들가지로 파리 만들고
개나리가 노랗게 세상 물들이고
졸졸 흐르는 시냇물 소리로
그대 모습 드러낼 즈음에
뻐꾸기 소리가 산을 감고 돌다
저 높은 나뭇가지 위에서
서성이던 겨울의 한기와
어느 사이 곁에 다가선 아지랑이 사이에서
램 연가는 갈피를 잡지 못한다
졸리던 눈 뜨고 깜짝 놀라서
경계하다가 지쳐서 땅에 쓰러지고
숲 속 바람으로 윙윙 대더니
봄 언덕에서 몸을 풀어헤치며
속절없이 시간만 먹어 삼키는
청춘의 램은 연가 속에서 자취를
감추기로 한 모양이구나

램의 연가 (4)

자작나무 그늘 아래서 기다림은
강렬한 햇빛 지나가 서늘함을 위함인 걸
이 늦은 시간 램은 오지 않을 님을
그림자 지나가기만 해도
깜짝깜짝 놀라며
어느덧 서산으로 해마저 사라지고
기다리는 마음마저 무거워 지는데
한줄기 반딧불이라도
소나기 다음 무지개라도
떠나간 빈자리에 솔바람이라도
간절히 바라는 램은
이제 잠시 머물게라도 할
구름 속의 미소 같은
기다림이 하늘가를 맴돈다

램의 연가 (5)

가슴을 파고드는 그리움
그 끝자락에 가을바람이 분다
낙엽은 저만치서 마지막 손짓하고
갈대의 흩날림이 더욱 애수를 자아내고
너를 만날 수 없음이
너를 떠나 보내야함이
너무 당연한 일임에도
발길이 떨어지지 않음에
램은 오늘도 너도밤나무 뒤에서
마음을 추스를 수 없음에
떨며 두려워한다
그때 창가에 비치는 희미한 그림자에
아픈 추억이 슬며시 손을 내민다
그제사 램은 힘든 발걸음을
눈물에 적시며 이별의 손짓을 한다

램의 연가 (6)

영혼은 너무 높은 곳에 있고
육체는 너무 낮은 곳에 있어
그 차이가 마음을 아프게 하네
천년의 사랑이
이 보잘 것 없는 울타리에 갇혀
하늘가를 맴도는 구름처럼
운명의 노를 젓는다

그렇게 소중했던 것이 아무 것도 아닌
엄연하고 가혹한 현실 앞에서
램의 연가는 끝을 모르는 심연
안타까움과 그리움으로 뒤척이며
세월에 모든 것을 맡긴다
영원히 채워지지 않을
눈물이 가슴을 적실 적마다
램의 연가는 계속 된다

램의 연가 (7)

그대는 앨리스라는 딸과
존이라는 아들을 낳고 길러
벽난로 따스한 불길 앞에서
꿈속에서처럼 곤히 잠든다
아름다운 가정이루고
도란도란 이야기꽃을 피우지
한순간에 사라지는 환영이지만
너무 흐뭇하고 행복한 시간에 취해
램도 스르르 깊은 잠에 빠진다
그래서 그의 연가는 애잔하다

램의 연가 (8)

오늘도 너를 못 잊어
가슴 속에서만 불타는
봄 동산의 꽃밭 같아라
고요 속에 소용돌이치는
들을 수 없는 것을 듣게 하고
볼 수 없는 것을 보게 하고
없는 것을 존재케 하는
그래서 사랑은 아픈 기적이라 했지

램의 연가 (9)

짧은 문자 메시지
잘 살아라
램은 마음으로 적는다
속살이 헤어지도록
그리움에서 벗어나지 못하고
너는 잘 살아라
강물 흐르는 데로
석양 햇살 따라가고
가끔 퍼득이는 물고기
하얀 비늘이 은빛으로
하늘을 잡으려는 그 순간에도
너는 잘 살아라
비취 빛 하늘에도 새겨보는
너는 잘 살아라

램의 연가 (10)

눈은 침침하여 잘 보이지 않고
기력마저 쇠하여
가누기조차 힘든 몸을 이끌고
너도밤나무 숲길을 오른다
저 벌판 끝이 보이고

모든 사람 떠나고
공허한 곳에서
희미한 과거와 미래가 악수함을
그렇게 친근하게 느낄 때쯤
흙과 한 몸 되겠지
바람에 펄럭이는 만장기 속에
미소 짓는 마음이 아주 가볍네

자작나무 그늘 아래, 나는 쉬려네

바람이 한 곳에서 몰려와 사방으로 흩어지고
구름이 몰려와 서쪽으로 멀리 사라지고
들판의 양떼들 무리 지어 우리로 몰려가고
고단하고 외로운 목동 하루를 마감하려는데
어디서 구슬픈 피리 소리는
하루의 끝을 서러워함인가
머나먼 이역 땅을 여행하는 나그네
원시의 신비와 경외를 느끼게 하네
그토록 아름다운 이 산과 목초지
푸른 꿈들이 뭉게뭉게 피어올랐었는데
높이 쌓이는 눈만큼
외로움과 슬픔도 쌓이고 쌓이더니
이제 소리 없이 녹아 없어지겠지
썰매를 타고 씽씽 달리면
한 시대는 또 한 시대를 뛰어넘고
자작나무 그늘 아래, 나는 쉬려네
가고 오는 세월이
나무의 키만큼 높아가는 곳에서

자작나무 그늘 아래, 찬바람이 불고

이 겨울 추위는 연일 영하 15˚C
이토록 추울 수가
세계가 기상 이변으로 몸살을 앓고
나는 28일째 병상에 누워
창밖의 매서운 바람소리와
눈 쌓이는 메마른 건물들을 본다

툰드라 지역의 삭막함과 혹독함을
매일 창문을 통해 절감한다
이러다 소리 없이 죽어 없어지는 것 아닌가
절망감이 전신에 흐르고
무기력 상태에서 깊은 잠 속에 빠진다
내일 다시 의식을 되찾을 수 있을까
캄캄한 밤이 정말로 지겹다고 느낄 때
병동의 붉은빛들이
화려한 과거의 불빛들과 어우러져
나의 의식을 깨우고
생이 꿈틀거리는
봄날의 강가를 거니는 꿈을 꾼다

자작나무 그늘 아래, 나는 좋았네

이 호숫가에 봄바람 불어
두터운 외투 벗어버리고
발걸음 가벼이 걷는다
무거운 어깨도 가뿐하고
하늘엔 조각구름 멀리 떠다니고
한가로운 강태공 낚시 줄이 가볍다
여기저기서 돋아나는
새싹들의 속삭임
세상을 향해 손짓할 때
먼 추억들이 미래에 와 서있고
손잡고 서 있을 자리엔
아지랑이만 피어오른다
상상의 세계에서만 미소 머금고
모습 아직은 보이지 않고
자작나무 연한 순 사이로
부드럽게 퍼져나가는 그대의 향기
그윽한 길 따라 아른거린다

자작나무 그늘 아래, 나는 기다리네

소식 끊어진지 몇 년인지조차 잊은 채
이 언덕길에서 서성였지
푸른 숲이 갈색 낙엽으로 물들고
그 위에 새벽 하얀 서리까지 내려
마음조차 몹시 시리구나
아무 이유도 없이 왔다가 사라진
안개 같은 존재였어 언제나
자작나무 그늘에 몸을 숨기고
마음조차 들킬까 조바심하며
멀어져 가는 모습에
하늘조차 까맣던 날들에
기다림조차 맥없이 주저앉고
잎 다 떨어지고 앙상한 자작나무 가지 사이로
오늘은 푸른 하늘이 슬쩍 보인다
잠시나마 신기루 속에
너의 모습 잠간 보여준 게지

자작나무 그늘 아래, 잠시 쉬었다가

추억의 강가에 앉아
떠내려 오는 과거마다
아름다움으로 여울져 흘러가라고
미움도 분노도 다 녹이고
하늘의 뭉게구름 강물에 흘러가듯
모두 모두 흘러가라고
자작나무 그늘 아래, 시원한 바람되라고
여기쯤에서 과거를 되돌아보니
아지랑이 속에서처럼 너울거린다
저기 기나긴 장례행렬에
너덜너덜 나부끼는 만장기
그 사람 이름이나 남아있을까
훨훨 나는 한 마리 새가
자작나무 그늘 아래, 잠시 쉬었다가
먼 들판으로 사라진다
저녁노을도 잿빛으로 물드는 시간에

자작나무 그늘 아래, 아침 해가 떠오르고

더욱 찬란히 떠오를 아침 해
다가올 미래를 붉은 가슴으로
출렁이는 파도를 환희로
그렇게 감격하는 때를
지금은 자작나무 그늘 아래서
숨죽이며 응시하네
생각처럼 만만치 않았던
세상의 무거운 짐들
바람 한 줄기 더 불고
비라도 내려서 시원케하라
사막을 달려온 뜨거운 가슴
이제는 이곳에서 기다리고파
더 지치기 전에 한 번 더
마음을 추스려 기운을 차려야지
아직도 할 일 많고 갈 길은 멀어
자작나무 그늘 아래, 아침 해가 떠오르고
새 힘 얻어 찬란한 아침 해를 맞이하고자

자작나무 그늘 아래, 아프구나

이 세상에 부러울 것 없고
너무 건강하여 늘 힘이 용솟음치고
병원에 다니는 사람들 이해할 수조차 없었는데
내가 병원에 입원하여 생사의 갈림길에서
분초마다 무서워하며 떨었다
나에게도 청천벽력처럼 무서운 일이 발생했다는 것
도저히 믿을 수 없는 일이
환한 대낮에 암흑의 구름이 덮친다는 것
그것은 순간에 모든 것을 앗아가는 쓰나미 같은 것
우주 속에서 너무 미약한 자신을 본다
과거가 한 줌 흙으로 돌아가고
존재조차 그 근거를 찾을 수 없는 곳에서
아프다는 것, 사라진다는 것,
그래서 저 옛날 자작나무 그늘 아래,
오손 도손 살고 있었던
소박한 인생이 그토록 아름다웠다고
회상하는 사이 나는 마취 속에서
조용히 잠에 빠진다

자작나무 그늘 아래, 헐떡이며 달리던

창밖의 햇살이 따사롭기를 바라네
어느새 찾아온 찬바람
인생의 허리가 이토록 허전하고 추울 수가
바람이 불어 지나가면 상처만
서산에 걸린 햇살처럼 붉어지는구나
자작나무 그늘 아래, 헐떡이며 달리던
길 멈추고 뒤돌아보면
거기 간신히 숨을 쉬는 작은 생명
그 숱한 시련들이 송이송이 맺혀
이제 강물에 몸을 풀겠지
그런 계절의 손짓 아래
저만치서 색이 다 바래
존재마저 알 수 없는 나뭇잎
그 사이사이를 추위가 뒤덮고
먼 세계로의 여행을 시작한다

자작나무 그늘 아래, 나는 보았네

한 여름의 작렬하는 햇빛 아래
검은 피부로 굳센 다리로
저 들판을 건너 힘차게 달렸네
가파른 산도 잘 오르고
깊은 수렁도 잘 건너고
한 동안 멋지게 살았는데
이제 눈앞에 펼쳐지는
쓸쓸한 황혼
자작나무 그늘 아래, 나는 보았네
청춘의 싱그러움이
젊음의 맥박이
여기서 머뭇거리다
이내 사라지리라는 것을
다시는 돌아오지 못할 것을
자작나무 그늘 아래, 슬픈 눈으로
나는 보았네
모든 것이 흐르고 있음을

자작나무 그늘 아래, 나는 읽고 있네

꽃송이를 예쁘게 다듬고
하늘을 훨훨 나르며
너무 예쁜 그대여
노래를 들으며
가슴 속에 환희의 춤을 추었지
파도가 바위를 휘감고 돌며
먼데서 돛단배가 모습 보이면
갈매기 따라 바다로 여행 갔지
자작나무 그늘 아래, 나는 읽고 있네
그대의 순진한 춤과 노래를
그리고 행복위에 흐르는 미소를
언제까지 그렇게 맑고 푸르게
시냇물이 흘러가듯
세월이 멈추어선 듯
그러다가 갑자기 흰 눈이 펄펄
자작나무 그늘 아래, 나는 읽고 있네
가고 오는 것이 이렇게 짧음을
존재와 비존재가 이렇게 가깝다는 것을

제5부

들판을 지나며

정년 하는 날에

대학교수 생활 36년을 마감하는 날
날씨는 온화하고 하늘은 푸르렀다
교육자로서는 최고라는 황조근조훈장 목에 걸릴 때
박수소리 요란하여 정신이 몽롱했다
잠시 후 정신을 차리니 눈앞에 몰려오는 학생들
열정과 사명으로 소리 높이던 강의실
엄숙하게 앉아 나의 고별 강연 듣는 청중들
떠나는 사람의 마지막 언어는 감사와 고마움과 목메임
읽고 쓰며 사색하던 요람
이제는 저 복도 끝에서 자취 감추고
새로운 출구를 향해 허우적대는 의식
모든 것으로부터 잠시 동안 쉬자
너무 안타까워하거나 섭섭해 하지 말자
앞으로는 조금 여유 있게 적절히 살자
지난날은 아름다운 추억으로 간직하고
새 날들을 더 넓고 크게 호흡하자
아늑한 보금자리 떠나
머나먼 창공으로 비상하는 부드러운 깃털
정년식 마치고 떠나는 강당 앞에
가을 햇살처럼 따뜻하다
박수소리 건물 안에서 맴돌다
무지개처럼 하늘을 물들인다

마음을 새로운 서재에 가두고

정년퇴직으로 연구실이 없으니
아파트의 작은 방이 새로운 나의 공간
이제는 이곳에 마음을 가두어야한다
연구실의 수많은 책 다 정리하고
500여권만 가져와 정돈하였다
1년에 50권씩 읽으면 10년쯤 걸릴 것이다
의무감이 아니라 마음 가는 대로 읽으니
일주일에 2~3권도 읽히더니
날이 갈수록 읽히는 양이 적어진다
절실함이 없고 마음이 해이해진 탓이지
정신을 곧추세우고 다시 읽으려하나
이내 의식이 몽롱해진다
재가(在家)수행가 되리라고 다짐했는데
이리도 마음 가두기가 힘들다니
책 읽다 글 쓰다 그림그리기를 반복한다
마음이 자유로운 만큼 집중력이 떨어진다
그래서 찰스 램도 "자유는 그 자체가 속박이다"라 했지
서재의 작은 공간에 떠다니는 수많은
사색의 파편들 모으고 정돈하면
나만의 귀중한 세계 구체화되려니
진한 모닝커피로 의식을 적셔본다

낙엽을 밟으며

교정 뜨락이 온통 낙엽이다
갈색은 은은하며 좋고
노란색은 감칠맛이 있고
빨간색은 열정이 커져감을 말한다
때로는 화려하게 피어나고
때로는 넓게 뻗쳐나가고
때로는 촘촘히 내면을 키우더니
이제는 모든 손을 놓고
낮은 곳에서 뒹굴며 흙과 섞이는구나
가을이 주룩주룩 내려
너의 형체 사라지면
낙엽이라 부르던 이름조차
없어지겠지
밟히는 것은 낙엽뿐이 아니지
의식의 세계로 밟히면
유일한 너의 존재도 흙이 되겠구나

겨울 찬 서리

아파트 창문을 열고 보니
앞산이 찬 서리에 하얗구나
찌는 듯한 더위에 너의 푸른 품 안에서
달리다가 위로 얻었는데
벌써 차가움에 몸을 떤다
온기를 느낄 시간도 없이
찬바람이 사방을 에워싸는구나
청춘의 열기 아직 식지도 않았는데
뒤로 물러서라 시퍼런 명령들이
들판을 달려오는 늑대들 같아
갈기갈기 찢어지는 깃발
매서운 바람에 손발이 꽁꽁 얼 듯
동토의 땅 언저리에서
붉게 물드는 서산 하늘이
이 세상의 하직 인사임을
아주 매정하게 전하는구나

눈물

아무 이유 없이 눈물이 흐른다
서러움도 아니며 억울함도 아니다
감사의 눈물도 슬픔의 눈물도 아니다

눈 감고 있어도
눈을 뜨고 있어도
주르륵 주르륵 흐르는 눈물

아픔은 눈물로 흐르는가보다
이 험난한 인생길 걷는
길손에게 젖어드는 아침 이슬 같은
눈물의 흐름
이름 지을 수 없는 것들의 종착역
눈물을 흘리는 동안
세상은 멀리 구름 타고 사라진다
존재와 무존재가 서로 마주하며
이렇게 영원한 휴식처를 찾아
눈물이 주르르 흐른다

그림자

말로 표현할 수 없는
가슴 한쪽이 시리도록 아프다
순간이 영원이 되고
영원이 순간이 되는
진실을 도저히 알 수 없는
층계 계단마다 가시가 돋고
때로는 장미꽃처럼 환하게 웃는
다가갔다가 물러서야 하는
솜처럼 부드러우며
다이너마이트처럼 곧 터질 위험
그 어느 지점 쯤
웃음과 눈물이 멈추고
아름다운 추억의 꽃이 필까
빗물이 주룩주룩 어둠을 파고들면
내일 새벽안개 속에
손짓하며 하늘 나는
한 마리 이름 모를 새가 되겠지

어둠이 몰려오는데

어둠이 몰려오는데
너무 먼 곳에 서 있구나
이쪽으로 가까이 오라고
손을 내밀지만 닿지 않는구나
떠들썩한 사람들이 몰려나가고
무대에 불이 꺼지고
고요함만이 숨을 헐떡이듯

어둠 저 깊은 곳에서
외로움의 촛불을 켜려는 것이겠지
추운 겨울을 준비하는
노파의 초췌한 모습처럼
쓸쓸함이 거리를 지나갈 때쯤
눈물을 하염없이 흘리며
청춘을 안타까워하겠지
그래도 마지막 위안은
어둠이 다 몰려오면
너는 내 손이 닿을 곳에
존재하고 있을 거야

달빛 아래서

갈 곳이 없어서
달 빛 아래 나란히 앉았던
보금자리는 운전석과 조수석
저 땅 끝이라
가로등도 없어 희미한 것이 좋았지
아무것도 볼 수 없어
목소리만 들리는
형체 없는 세계가 훨씬 아름다워
이루어질 수 없는 꿈을
이야기로 엮으면 동화의 세계
왕자와 공주 되어 훨훨 날았지
끝이 오기도 전에
헤어져야 한다는 엄연한 사실
존재는 의식을 뛰어넘고
세상이 없어졌다고 생각할 때쯤
우리는 힘이 다 빠지고
유령처럼 하늘을 걸었지

그리움이 둥지를 틀고

저녁 따스한 햇살이
옹기종기 모여 있는 병아리 떼들에게
더없이 고마운 시간
서산의 해는 마지막 손짓을 하고
우리들은 손을 꼭 잡고
몸을 부비며 눈물에 젖는다
저만큼서 성큼성큼 다가오는
마지막 악수
그 손힘이 너무 강하여
빠져나갈 길이 없구나
하여 차라리 그대에게 온몸을 맡긴다
그 길이 오히려 아름답고 정겨울지도 몰라
되돌아보면 한순간의
즐거움과 아픔이 물거품처럼
그리하여 그리움이 둥지를 트는
양지 바는 곳에 나란히 누워
무슨 사연을 또 풀어가려나

위를 쳐다보다가

위를 쳐다보며 고개를 숙였는데
어느덧 아래를 쳐다보며
이래라 저래라 명령하네
꾸중 듣고 채찍 맞으며
창창한 내일 향해 힘찬 발버둥
땅 끝까지 하늘까지 정복하려 했는데
이제는 뒷걸음치며
아서라, 멈추어라, 호흡을 가다듬네
위를 쳐다 볼 때가 황금기였지
아래를 내려다보니 천 길 벼랑
그 끝에도 간신히 목숨만 붙어 있는
한 송이 야생화가 끈질기구나
끝을 놓지 않고 오늘도
가고 오는 구름에
생은 그 기구한 걸음을 옮긴다

차가운 기억들

인생의 차가운 기억들
장맛비로 캄캄해진 숲 속에서
꿈틀대며 마음을 적신다

적나라한 알몸을 드러내지 말고
교양과 성숙으로 참으라 했는데
감정을 폭발시키는
아직도 가야 할 길이 먼

인생은 그래서 사뭇
머뭇거리며 얼룩으로 지쳐있다
저 맑고 넓은 하늘처럼
끝없는 지평선의 안개처럼
부드럽게 감싸 안고
빙빙 도는 부드러움은 언제 오나

여기저기서 들려오는 소음들이
이렇게 퍼붓는 빗물 속에서
숲 속의 고요로 날개를 접는
차가운 기억이 소리 없이 사라지는
그런 세계에 와 있다

옛 추억

어디서부터 들려오나
기억 속의 기차 소리
칙칙 퍽퍽
끝없는 들판을 기차가 달리고
먼 마음속의 고향 하늘로
바람이 몰려가고
구름도 몰려가는데

달려온 길이 그리도 고달프고
세월의 빠름은 순간 속에 잠들려는데

저 언덕길 따라
빨간 꽃, 노란 꽃, 하얀 꽃들이
너울너울 춤을 추며 손짓한다
오라는 것인가, 가라는 것인가
보일 듯 보이지 않는 미소로
아지랑이 속을 헤매듯
의식이 머무를 곳을 찾아
옛 추억이 지금 꿈틀 댄다

들판을 지나며

떠나는 것이 추상명사였는데
이제 구체적 사물로 내 앞에 다가와
커다란 바윗덩어리로 덜컹 내려앉네
이 크나큰 충격 앞에
졸도하는 의식 속으로
조금씩 내비치는 치사한 추억들
텅 빈 들판에 서 있는
허수아비 위로 흰 눈이 펑펑
소중했던 인생이 소리 없이 눕는다
두 번의 죽음이 지난 후
비로소 영혼은 깨우치리니
아지랑이 속에서처럼 몽롱이
들판을 지나며
지난 세월 반추하고
희미한 미래를 향하면
거기 우뚝 서 바람에 휘날리는 만장기
인생의 마지막 골목길에
비로소 어렴풋이 나타나는
삶과 죽음의 어색한 포옹

제야의 종소리여

제야의 종이여, 올려라
힘차게 은은히 울려라
가슴을 푹 적시고 엄숙하게 울려라
낡은 것과 거짓을 가게 하고
새것과 진실이 오게 하라
반목과 질시를 날려 보내고
화목과 포근함이 오게 하라
불신과 파당을 격파하고
믿음과 하나됨이 우리를 감싸게 하라
미움과 질투를 가라앉히고
사랑과 위로가 꽃피게 하라
그래서 우리 모두
그리운 눈빛으로 서로를 바라보게 하고
평온한 마음으로 서로를 감싸게 하고
은은한 미소로 서로를 눈짓하게 하고
부드러운 손길로 서로를 어루만지게 하고
좋은 목소리로 서로를 격려하게 하라
제야의 종이여, 더욱 세게 울려라
그래서 우리 모두
모든 슬픔과 고통을 떠나보내고
벅찬 가슴과 설렘으로 새해를 맞게 하라

절망과 좌절감은 물러서게 하고
희망과 성취감에 들뜨게 하라
정성과 위로와 은혜만이 큰 강을 이루게 하라
그래서 새해에는 우리 모두
기쁨과 평화를 맛보게 하고
아름다움과 감사로 가슴 벅차게 하고
물댄 동산에서 어린 아이처럼 뛰놀게 하라
성화된 모습으로 빛나는 찬송 부르며
우리 모두 새사람 되게 하라

지금은 참으로

아무도 없이 홀로
이곳을 지키고 있다

이 엄연한 현실에
의식이 화들짝 놀란다
이것이 정녕 현실인가
환상 속에 그림자인가

어떻게 하는 것이 정답인지
아무것도 알 수 없는
몽롱한 상태에서
허우적거리는 생각을
가늠하기조차
정말 불가능한 시간

내 존재마저 사라져버리는
철저한 끝을 보아야 할
지금은 참으로
영원과 만나고 또 헤어지는
진정으로 홀로 있는 시간

아름다운 이 거리를

아름다운 이 거리를 떠나야 한다는 건
아무래도 슬프다
정겹던 너희들과 헤어져야 한다는 건
아무래도 괴롭다
끝없이 계속되는 것이 인생인줄로 알았는데
이렇게 우리가 헤어져야 하다니
너와 네가 서로 다른 길을 가야 하다니
이 가을 아침 공기가 싸늘하다
죽어가는 시체 앞에서
만감이 스쳐간다
따스한 체온이 모두 걷히면
공허한 밤이 더욱 캄캄해지겠지
어차피 혼자였던 길인데
언젠가는 끝날 길인데
미련을 둔다는 것이
다시 돌아가고 싶다는 것이
저미어 오는 가슴이
모든 것이 그렇게 좋았던
아름다운 이 거리를 떠나야 한다는 것이
존재의 끝이라는 것이
이렇게 애잔할 수 있나

저녁 어스름

저녁 어스름이 추위와 더불어
이 산모퉁이를 좁혀온다
이윽고 어두움이 몰려오면
아쉬운 추억은 서성거릴 테고
못다 한 꿈들이 맥없이 주저앉으리라
떠나가 버린 것들
돌아오지 않을 사연들
정답게 손잡고 걸었던 오솔길
그리움에 가슴 조이며 지새웠던 밤
어둠 속에 깊이 묻히면
나 혼자만이 이 허허한 벌판에서
온몸을 찬 서리에 내어주고 서러워하리라
손짓을 해도 소리쳐 불러도 달려가 부둥켜안아도
신기루 되는 청춘아, 사랑아, 꿈들아
망각의 구름이여 속히 오라
숨소리조차 없는 곳에서
내 영혼이나마 자유롭고 싶구나
어둠 너머 세계로 날고 싶구나
그렇게 어둠을 떨치고
파랑새 되어 미지의 세계로 달리고 싶구나

어둠의 악수

떠나야 한다는 것
이삿짐을 꾸리고 되돌아가는 길
존재하던 것과 상상하던 것이
나란히 누워 제 각각 중얼거린다
청춘의 끓는 피가 거꾸로 흐르더니
긴 한숨 속에 모두가 허물어진다
달려온 길이 막다른 골목에서
출구를 찾지 못해 헐떡이는 사이
어둠이 찾아와 악수를 청한다
아직 아침 햇살에 환호를 보내고 싶은데
너와의 대화는 강 건너에서 서성이고
이쪽엔 아무도 없구나
다 떠나간 빈자리에
현기증이 빙빙 돌면서
물줄기 따라 서서히 가라앉는구나

나 같은 죄인

눈을 감고 기도하려면
눈물이 주르르 흐르고
콧물로 얼굴이 범벅이 된다
내 주님을 몰라
어둠과 슬픔과 절망 속에서
얼마나 통곡하고 분노하고 저주했나
받은 은혜 너무 많고
잃었던 생명도 찾았고
부활의 길 보여주었는데
눈멀고 귀먹고 마음 강팍하여
참다운 주님의 찬란한 빛 외면했네
이제는 일어나 두 손 번쩍 들고
눈물과 고통 없는
영원한 세계를 품으리라

아름다운 이별

아름다운 이별도 있나
스스로를 위로하기 위한
속이 훤히 보이는 위선이지

진한 초록의 깊은 숲 속에
짓이겨진 진달래꽃들이 주르륵 주르륵
가는 봄을 막아서려 하지만
강한 햇빛에 여지없이 뚝뚝 떨어져 짓이겨진다

추억을 되돌리는 것은 치사하고
하늘의 구름을 지켜보는 것은 사치인데
마음이나마 붙잡자고
조심스럽게 숲 속으로 들어선다

남은 생을 그래도 건강하게 살자고
두 팔을 높이 들어 올리는
이 모습이 처량하지만
그래도 살아야하기에
모든 설움과 아쉬움을 떨치려 안간힘을 쓴다

아직도 지상은 이렇게 바쁘게 굴러가는데
저 만큼에서 바라볼 수밖에 없음에

그저 마음만 애닲을 수밖에 없음에
아름다운 이별이라고 해두자

어느 날 문득
안타까운 이별이 주르르 눈물 흘리려니
그리운 추억이 뿌연 안개 속으로 사라지려니

그저

귀에 들리지 않고
눈앞에 보이지도 않는데
당신은 언제나
마음속에
바람으로 일렁이고
구름으로 피어오르신다

사방이 캄캄하고
절망과 괴로움으로 신음할 때
살며시 다가와 손 꼭 잡으시네

나의 앞에서
때로는 나의 뒤에서
든든히 계신 님

힘들고 지친 인생길에서
언제나 미소로 다가오시는 주
오늘은 푹 쉬라고
멀리서 손짓만하시네

내게 들려오는 말

그것은 깊이를 알 수 없고
그것은 의미를 알 수 없고
그것은 글로 쓸 수 없는 말
그러나 가슴을 저미게 하고
비수처럼 마음에 꽂혀
피를 흘리고 또 흘리게 한다
해줄 만큼 해 주었고
미칠 만큼 미쳐서
하늘이 노랗고 앞길이
캄캄했다 대낮처럼 밝았다했지
이름 지을 수 없는 단어
표현할 수 없는 감정
바다라고 할까, 하늘이라고 할까
세상이 다 끝나고 죽음을 넘어
영겁 저 뒤편쯤에
아지랑이처럼
그렇게 어렴풋이 다가올
그 어떤 것이겠지

이제사 모두 내려놓겠나이다

무릎 꿇고 두 손 모아
애간장을 녹이는 시간
한 많은 기나긴 세월이
이제 훅 꺼지는 한 가닥 불꽃
주님을 만날 시간이 가까이 옴을
세상의 부귀공명이 뜬 구름임을
이제야 마음을 내려놓겠나이다
주 음성 듣기를 이보다 더 간절할 수 없음을
소유하고 있는 모든 것들이 공허함을
사유의 처음과 시작이
생의 시작과 끝이 여기서 정지함을
끝없는 눈물바다 이루고
아득한 길 아물아물한데
모두 버리고 떠나야 함을
그래서
이제사 모두 내려놓겠나이다

다 지나가리라

이 뜨거운 여름을 지나
무서운 폭풍을 지나
망망한 대해에 떠 있는 돛단배
오늘은 어두워지는 시각에도 뚜렷하구나

아내도 죽고 자식도 떠난
외로운 둥지에서도 박영감은 꿋꿋이
"다 지나가리라" 중얼거린다

미련도 분노도 모두 사라지고
슬픔과 괴로움도 사그러진
모퉁이 난간에
따스한 가을 햇빛 비추면
그 또한 마지막 길목에서
지나가는 길손이 되어
다 지나가는 길을 갈 것을

순례자의 길

인생이라는 멀고도 험난한 길
그 나그네 길을 걷는다
때로는 즐겁고 행복해도
슬프고 괴로운 일 너무 많아
털썩 주저앉은 채 허우적거리고
음침한 골짜기에서 신음도 했지만

인생이 나그네 길임을
저 산이 말해주고
하늘의 구름이 손짓하며
다 지나고 나면 아무것도 아니라고
그래서 잊고 또 참으며 걸었지

거친 들에서 하룻밤 자는 것 같은
나그네 길 임을 잠시도 잊지 말고
묵묵히 걷기만 하라고
생명 강에 맑은 물 흐르고
온갖 꽃들이 들판에서 춤추고
그리운 사람들 모여 얼싸안는
그 영원한 세계
흰 옷 입은 천사들도 흠모하는 곳

오늘도 무지갯빛으로
나를 인도하는 본향을 향해
고단한 길 꿋꿋이 걷는

빛나고 영광스런 순례자의 길
그 길 위의 가시덤불
축복의 열매로 행복을 춤추리

하늘나라로 가까이

이제는 땅보다도
하늘을 생각하는 시간이
욕망과 성취의 발버둥보다는
잊음과 물러섬이 더 많게 되었네
어쩌다 앞을 보는 시간보다
뒤를 돌아보는 시간이 많아졌네
빛나는 아침 햇살보다
저녁노을 붉게 물드는 서쪽으로 눈길이 가니
인생의 고달팠던 짐을
저 언덕 위에 내려놓고
이제는 가벼운 걸음으로 산을 내려온다
마을 어귀에는 노란 은행잎과
붉은 단풍이 계절을 끌어안고
조용히 내려앉는
깊은 가을 안개가 모든 것을 감싼다
어느덧 내가 맞이할
밤이 오고 있는 것이다

『들판을 지나며』: 하늘의 찬란한 빛을 향하여

현영민(충남대 영문과 명예교수)

●

1

시 읽기를 좋아하는 사람이라면, 다음 말이 누구의 말인지는 몰라도, 아마도 이 말에 어느 정도 공감할 것이라고 생각한다.

내 말은 시란 강력한 감정이 자발적으로 넘쳐흘러 나온 것이라는 것이다. 그것이 조용한 가운데 회상된 감정에서 비롯되는 것이기 때문이다.

이 말은 19세기가 낳은 탁월한 영국 시인 윌리엄 워즈워스(William Wordsworth)가 서기 1800년에 새뮤얼 테일러 코울리지(Samuel Taylor Coleridge)와 합작으로 펴낸『서정시묘』(*Lyrical Ballads*)의 개정판 서문에서 내린 시의 정의

이다. 이 정의는 바로 우리 시인 홍기영 교수의 시에도 적용되는 것이라고도 할 수 있다. 『들판을 지나며』가 바로 그의 시심으로부터 "강력한 감정이 자발적으로 넘쳐 흘러 나온 것"이기 때문이다.

이것을 나에게 확인시켜준 일이 몇 년 전에 있었다. 그것은 그와 오래도록 알고 지내면서도 알지 못했던 뜻밖의 것으로서 우리 시인의 새로운 면모였다. 그가 스케치하고 그의 아들이 색으로 처리한 셰익스피어의 초상화였다. 나는 그때 깜작 놀라고 말았다. 이 초상화가 그가 시적 감수성만이 아니라 미적 감각도 타고났다는 것을 보여주는 것이었기 때문이다. 이 그림은 그가 시를 어떻게 쓰는지에 대한 나의 호기심을 자극하기에 충분했다. 이 그림을 보고 난지 얼마가 흘렀는지 기억이 확실하지 않지만 그의 연구실에서 그의 시작 노트를 보게 되었다. 그가 보여준 조그만 시작 노트는 그의 시를 읽으며 짐작만 했던 것을 실증해주는 것이었다. 그것은 그의 시가 "강력한 감정이 자발적으로 넘쳐흘러 나온 것"이라는 워즈워스의 말을 실증적으로 확인시켜 주었기 때문이다. 시인들 중에는 시를 쓰고 나서 수정하기를 여러 번 반복하는 시인이 있는가 하면, 별로 수정하지 않는 시인도 있다. 전자의 시인은 대체로 예술의 시를 지향하는 경향이 있고, 후자의 시인은 삶의 시를 지향하는 경향이 있다. 전자의 시인이 만들어진 시인이라고 한다면, 후자의 시인은 타고난 시인이라고 할 수 있다. 이런 관점에서 보면, 우리의 시인은 바로 후자에 속한다고 할 수 있다. 『들판을 지나며』가 우리에게 후자의 시인의 면모를 보여주고 또한 미적 감각도 타고 났다는 것을 보여 주고 있기 때문이다.

우리 시인의 시는 인간의 삶이 순례자의 삶이라는 것을 보여준다. 그의 순례는 봄에서 겨울로의 여정이고, 아침에서 저녁으로의 여정이며, 사실적인 세계에서 사색적인 세계로의 여정이다.

가도 가도 끝없고
아득하기만 한 인생길
마음의 갈증 점점 더 커지고
한 순간에도 수천 갈래씩
찢기고 아파하는 마음
형체 없는 소용돌이

하늘에 떠돌고
지옥에 갇혀도
끈질기게 돋아나는 마음의 파문

우리 시인의 순례가 이 세상에서 지옥으로, 지옥에서 하늘나라로의 여정이라는 데서 우리는 그의 삶의 공간이 이 세상과 지옥과 하늘나라 세 개의 세계라는 것을 알 수 있다. 이 세 공간은 그리스 신화의 용어를 빌리면 지상과 하데스와 올림포스이다. 예술가로서의 그의 면모는 이 세 개의 공간이 색으로 표현되는 데서 드러난다.

　우리 시인에게 인간의 삶은 근본적으로 들판을 지나는 "순례자의 길"이다.

> 인생이라는 멀고도 험난한 길
> 그 나그네 길을 걷는다
> 때로는 즐겁고 행복해도
> 슬프고 괴로운 일 너무 많아
> 털썩 주저앉은 채 허우적거리고
> 음침한 골짜기에서 신음도 했지만
>
> 인생이 나그네 길임을
> 저 산이 말해주고
> 하늘의 구름이 손짓하며
> 다 지나고 나면 아무것도 아니라고
> 그래서 잊고 또 참으며 걸었지

그의 여정이 시작되는 젊은 날의 삶의 들판은 "창문을 열면 확 몰려오는 푸른 세상"이며, "며칠 후엔 이 들판이 온통 / 노랗고 붉은 색으로 물들어 있을 / 생명의 요동 속에 / 가슴이 벅차오를" 세상이다. 그리고 "오늘은 왠지 / 멋진 신세계가 펼쳐질 듯 / 까치들이 아침부터" 부산떠는 생명이 약동하기 시작하는 봄의 세계이다.

> 이 산하는 새 생명으로 출렁이고
> 호흡이 아직도 계속됨에 감격하며

이 봄을 품으리라

우리 시인의 소망은 그의 삶의 들판이 "노랗고 붉은 색으로 물들어" 가슴을 벅차오르게 하는 생명이 요동치는 싱그러운 봄과 아침으로 언제까지나 남아 있기를 염원한다.

이른 아침 숲 속엔
이름 모를 새들의 지저귐
여리고 순한 초록 새 순들
숲을 이루며 동화의 세계 연출한다
이 고요하고 신비한 곳에서
간절히 원하는 것은

혼탁한 세상의 욕망들 이곳에서 멈추고
처음의 그 순수함과 아름다움이
이 아침 숲에서처럼
영원히 넓게 퍼져나가기를

그리고 우리의 처음과 마지막이
아침 숲처럼 푸르고 신선하기만을

봄꽃들은 "색깔과 향기로 향연을 펼친다."

노란 개나리는 땅을 뒤덮고
살구꽃은 연분홍 치마로
목련은 가냘픈 여인의 목으로

그리고 벚꽃은 화려하게
교정을 온통 환상으로 물들인다
이 봄이 최후의 하루인 양
서로를 부둥켜 안고
한 낮의 뜨거운 열기에 스르르 녹는다

봄의 초록색/푸른색, 노란색, 연분홍색, 붉은색은 바람결
에 휘날리는 향기와 더불어 그의 추억을 연출하는 오페
라의 향연이 되어 이 세상을 "온통 음악 속에 젖어들게
한다." 이처럼 색을 소리로, 소리를 색으로 표현하는 공
감각 기법을 적절히 구사하는 놀라운 솜씨가 이 시집을
돋보이게 한다. 붉은 진달래꽃은 그의 "붉은 울음"이 되
고,

소나무로 둘러싸인 몇 개 둥그런 무덤
그 주위에 흐드러지게 핀 진달래꽃
그 붉은 울음이 하늘로 향할 때
죽음과 삶이 다정히 손잡고 하늘을 떠다닌다

하얀 목련 꽃은 그의 하얀 웃음이 되며,

이 아침 창문을 여니
하얀 목련 꽃 흐드러지게 피어있다
기나긴 밤 흙바람 몹시 불었건만
아침 햇살에 눈부시게 빛나는
목련 꽃 환한 웃음으로 다가온다

빨간 세르비아 꽃은 그의 빨간 마음이 된다.

> 나의 꽃밭엔
> 세르비아를 심어요
> 높지도 낮지도 않은
> 빨간 마음을 심어요

이 봄의 들판은 어느새 서서히 "노란 은행잎과 / 붉은 단풍"으로 장식되기 시작한다.

> 마을 어귀에는 노란 은행잎과
> 붉은 단풍이 계절을 끌어안고
> 조용히 내려앉는
> 깊은 가을 안개가 모든 것을 감싼다
> 어느덧 내가 맞이할
> 밤이 오고 있는 것이다

우리 시인은 이런 변화를 비교적 일찍 인식하기 시작했다. 그가 일찍이 두 번에 걸쳐 죽음의 손짓을 보았기 때문인 것으로 보인다. 그것과 더불어 평생을 바친 삶의 공간을 떠나 새로운 삶의 공간을 구축하지 않을 수밖에 없게 되면서 그 들판은 하데스로 변모하게 된다. 그의 하데스로의 여정의 계절은 무더운 여름이 되기도 하고 차가운 겨울이 되기도 한다. 어느 1994년 여름 그는 죽음의 문턱에 서 있게 된다. 이때 그의 나이 40대 중반쯤이었으므로 그는 너무 일찍이 그의 "전 생애 앞뒤에" 있

을 것 같지 않은 돌발적인 사건과 마주하게 되었던 것
이다.

　　슬픔은 하나씩 오지 않고 연대를 이루어 온다더니
　　이런 저런 일들 가혹하게 영혼을 짓누른다
　　몇 만분지 일의 확률과 같은 사건
　　날벼락인가 처참한 운명인가 가늠할 길 없구나
　　이 세상 어느 누구도 이해할 수 없는
　　나만의 고통과 나만의 지옥

　　가장 처절한 절망의 숲을 헤맨다
　　한가닥 희미한 길이 보일듯하다가도
　　어느 사이 천길 벼랑 끝

　　수많은 한숨과 고통의 강가에서
　　정금같이 연단되는 시련을 본다
　　온갖 절망과 환난이 한 곳에 모여지고
　　그 끝 언저리에 무엇이 올 것인가
　　가장 비참한 기로에서
　　고난과 영원이 어떻게 만날까

두 번째는 2010/11년 겨울이었다. 이때가 그의 나이 60
세쯤이었으므로 요즘이 100세 시대라는 시중의 말의 견
지에서 보면 아직도 "젊은이"인 셈이다. 이 "젊은" 나이
에 "이 세상에 부러울 것 없고 / 너무 건강하여 늘 힘이
용솟음치고 / 병원에 다니는 사람들 이해할 수조차" 없
었던 그의 삶이 통째로 침몰하고 만다. 그가 느닷없이

"병원에 입원하여 생사의 갈림길"에 서게 되었기 때문
이다.

분초마다 무서워하며 떨었다
나에게도 청천벽력처럼 무서운 일이 발생했다는 것
도저히 믿을 수 없는 일이
환한 대낮에 암흑의 구름이 덮친다는 것
그것은 순간에 모든 것을 앗아가는 쓰나미 같은 것
우주 속에서 너무 미약한 자신을 본다
과거가 한 줌 흙으로 돌아가고
존재조차 그 근거를 찾을 수 없는 곳에서
아프다는 것, 사라진다는 것
그래서 저 옛날 자작나무 그늘 아래,
오손 도손 살고 있었던
소박한 인생이 그토록 아름다웠다고
회상하는 사이 나는 마취 속에서
조용히 잠에 빠진다

삶의 들판을 지나며 우리 시인이 경험한 이 두 번의 사
건은 그에게 삶과 죽음이 별개의 것이 아니라 하나라는
인식, 곧 "삶과 죽음의 어색한 포옹"이라는 인식을 심어
주었다.

떠나는 것이 추상명사였는데
이제 구체적 사물로 내 앞에 다가와
커다란 바윗덩어리로 덜컹 내려앉네
이 크나큰 충격 앞에

졸도하는 의식 속으로
조금씩 내비치는 치사한 추억들
텅 빈 들판에 서 있는
허수아비 위로 흰 눈이 펑펑
소중했던 인생이 소리 없이 눕는다
두 번의 죽음이 지난 후
비로소 영혼은 깨우치리니
아지랑이 속에서처럼 몽롱이
들판을 지나며
지난 세월 반추하고
희미한 미래를 향하면
거기 우뚝 서 바람에 휘날리는 만장기
인생의 마지막 골목길에
비로소 어렴프시 나타나는
삶과 죽음의 어색한 포옹

우리 시인의 삶의 들판에서 마지막 전환점은 그가 정년
을 맞아 36년간의 대학교수 생활을 마감하게 된 2015년
여름이다.

읽고 쓰며 사색하던 요람
이제는 저 복도 끝에서 자취 감추고
새로운 출구를 향해 허우적대는 의식

대학의 연구실에서 집에 새로 마련한 연구실로 학자의
삶의 공간을 옮기게 된 일은 그에게 다시 한 번 삶에 대
한 생각을 되돌아보게 하는 계기가 된다. 이해 여름은

또 다른 겨울인 셈이다. 이 여름에 새로 마련한 공간이 그에게는 일종의 하데스, 제3의 죽음의 문턱이 되었기 때문이다.

    정년퇴직으로 연구실이 없으니
    아파트의 작은 방이 새로운 나의 공간
    이제는 이곳에 마음을 가두어야한다
    ·

    재가(在家)수행가 되리라고 다짐했는데
    이리도 마음 가두기가 힘들다니
    책 읽다 글 쓰다 그림그리기를 반복한다
    마음이 자유로운 만큼 집중력이 떨어진다
    그래서 찰스 램도 "자유는 그 자체가 속박이다"라
    했지
    서재의 작은 공간에 떠다니는 수많은
    사색의 파편들 모으고 정돈하면
    나만의 귀중한 세계 구체화되려니
    진한 모닝커피로 의식을 적셔본다

공적 의무에서 벗어나 자유로워진 그에게 아이러니하게 도 찾아온 것은 자유가 아니라 구속이었던 것이다. 그의 새로운 공간은 하데스이고, 죽음을 몰고 오는 숨 막히는 무더운 여름이고, 차가운 겨울이고, 앞을 분간할 수 없 는 칠흑 같은 어둠이고 밤이다.

 우리 시인의 경우처럼 구속에서 자유를 느끼고 자유 에서 구속을 느끼는 것은 어쩌면 삶의 신비인지도 모른다. 어려움 속에서 기쁨을 느끼고 기쁨 속에서 슬픔을 느끼듯이, 숨 돌이킬 수 없을 만큼 바쁜 상황에서는 잠시 쉬는 기간은 달콤하지만, 무한히 쉬는 기간은 무료하다. 기쁨의 절정에서 죽음을 맞고 죽음의 절정에서 삶을 맞게 된다는 것이 모든 종교의 가르침의 뿌리가 아닐까? 죽은 후에 기쁨의 삶이 기다라고 있다는 희망을 안겨주지 못하는 종교는 살아남을 수 없다. 우리 시인이 이런 종교적 가르침에 기초하고 있는 그리스도교를 자신의 신앙으로 받아들이고 있는 것도 이 때문이다.

3

밤이 깊을수록 아침이 가깝다는 것은 자연의 이치이지만, 그 어두운 밤이 차가운 바람과 함께 삶의 들판에 덮쳐올 경우 그 춥고 암울한 들판이 머지않아 따사로운 태양의 빛으로 장식될 것이라고 인식하기란 결코 쉽지 않다. 그러나 우리 시인에게는 자신에게 그 빛을 선물로 주실 "분"이 있다는 신앙 덕분에 그런 인식에 도달할 수 있는 것으로 보인다.

차가운 가을 날씨
세차게 부는 바람에 여지없이
떨어지는 갈색 낙엽들
되돌아보면 삶이란
나부끼는 가련한 낙엽
한 줌 흙으로 끝나는 것인데

몰려오는 어둠 저 끝에서
손짓하는 죽음의 그림자
돌아보면 누구 하나 제대로 사랑치 못하고
아픔과 고통으로 세월 다 보냈으니
눈물이 주르르 전신을 적신다
부드러운 손길로 어루만질
내 생애 마지막 위로는
지금 춥고 어두운 거리에서
나를 기다리는 그 분에 대한
간절한 소망일 뿐

바로 "그 분"이 그런 자연의 법칙을 만드신 분이시기 때문이다. 낙엽을 흩뿌리는 추운 가을과 모든 젊음을 잠재워 버리는 겨울의 어둠과 추위 속에서 우리 시인이 새로운 삶을 준비하는 "그 분"의 존재가 "손이 닿을 곳에" 있다고 믿게 되는 것도 바로 그런 인식에서 비롯된 것이다.

어둠 저 깊은 곳에서
외로움의 촛불을 켜려는 것이겠지
추운 겨울을 준비하는
노파의 초췌한 모습처럼
쓸쓸함이 거리를 지나갈 때 쯤
눈물을 하염없이 흘리며
청춘을 안타까워하겠지
그래도 마지막 위안은
어둠이 다 몰려오면

너는 내 손이 닿을 곳에
존재하고 있을 거야

우리 시인에게 이와 같은 하데스의 암흑에서 탈출하는
방법이 있다. "책 읽다 글 쓰다 그림그리기를 반복한다"
는 것이 그것이다. 이 세 가지가 비록 만족스러운 것은
아닐지라도 그가 빛의 나라 올림포스/하늘나라로 비상
할 수 있는 길이라고 할 수 있다. 그가 비통한 눈물의
친구가 되어 버린 것을 보면, 올림포스/하늘나라로 비상
하기가 만만치 않은 것은 의심의 여지가 없다.

눈 감고 있어도
눈을 뜨고 있어도
주르륵 주르륵 흐르는 눈물

아픔은 눈물로 흐르는가 보다
이 험난한 인생길 걷는
길손에게 젖어드는 아침 이슬 같은
눈물의 흐름
이름 지을 수 없는 것들의 종착역
눈물을 흘리는 동안
세상은 멀리 구름 타고 사라진다
존재와 무존재가 서로 마주하며
이렇게 영원한 휴식처를 찾아
눈물이 주르르 흐른다

우리 시인의 눈물은 구약성경의 욥의 눈물을 상기시킨

다. 우리 시인의 모습이 바로 올림포스/하늘나라에서 신의 응답이 들려오기까지, 구원의 빛이 비쳐오기까지 엄청난 수난 속에서 허우적거리며 무수한 날을 절규하지 않을 수 없었던 바로 그 욥의 모습이기 때문이다.

절망의 늪에서 헤어나지 못하여 간절히 기도하는 욥에게 응답하셨던 그 신의 음성을 우리 시인도 듣기를 간절히 소망한다.

> 진실의 소리, 신비의 소리, 영혼의 소리
> 간절히 듣게 하소서
> 그 소리 한마디에
> 내가 죽고 살며, 살고 죽는
> 참으로 고요 속에서
> 나만이 하늘의 소리 듣게 하소서

신의 음성을 듣는 길은 오직 모든 것을 내려놓은 다음이다. 그것이 큰 것이든 작은 것이든, 가치가 있는 것이든 가치가 없는 것이든, 무엇인가 움켜잡고 있는 동안은 신이 간섭하지 않는다는 것이 우리 시인의 자각이다. 마지 "훅 꺼지는 한 가닥 불꽃"처럼 자신의 생명이 꺼지려는 때에 그는 "무릎 꿇고 두 손 모아" 기도한다.

> 이제야 마음을 내려놓겠나이다
> 주 음성 듣기를 이보다 더 간절할 수 없음을
> 소유하고 있는 모든 것들이 공허함을
> 사유의 처음과 시작이

생의 시작과 끝이 여기서 정지함을
끝없는 눈물바다 이루고
아득한 길 아물아물한데
모두 버리고 떠나야 함을
그래서
이제사 모두 내려놓겠나이다

눈에 보이지 않는 신의 모습을 보고 귀에 들리지 않는
신의 음성을 듣고 싶어 하는 우리 시인에게 신은 마침
내 모습을 드러내고 음성을 들려준다. 그에게 들려오는
신의 음성은 "깊이를 알 수 없고" "의미를 알 수 없고"
"글로 쓸 수 없는 말"이었다. 그러나 그것은 그의 "가슴
을 저미게 하고 / 비수처럼 마음에 꽂혀 / 피를 흘리고
또 흘리게"는 것이었다. 그 신은 그에게 다가와 그의 손
을 잡기도 하고 손짓하며 오라고 부르기도 한다.

귀에 들리지 않고
눈앞에 보이지도 않는데
당신은 언제나
마음속에
바람으로 일렁이고
구름으로 피어오르신다

사방이 캄캄하고
절망과 괴로움으로 신음할 때
살며시 다가와 손 꼭 잡으시네

나의 앞에서
때로는 나의 뒤에서
든든히 계신 님

힘들고 지친 인생길에서
언제나 미소로 다가오시는 주
오늘은 푹 쉬라고
멀리서 손짓만하시네

4

마침내 그에게는 "땅보다도 / 하늘을 생각하는 시간"
이 많아지게 된다. 그가 땅보다 하늘을 생각하지 않을
수 없게 된 것은 그곳이 이 삶의 들판에서 나그네의 순
례를 마치고 돌아가야 할 "본향"이기 때문이다. 이제 우
리의 관심을 끄는 것은 다시 그의 예술적 감각으로 파악
한 그의 본향의 색이다. 그 본향은 온갖 아름다운 꽃들
이 춤추며 "무지갯빛"을 발하는 생명이 약동하는 곳이
다. 그가 젊은 시절에 거닐었던 새로 돋아나는 푸른색과
다양한 꽃들의 찬란한 색으로 뒤덮인 들판과 다름없다.

생명 강에 맑은 물 흐르고
온갖 꽃들이 들판에서 춤추고
그리운 사람들 모여 얼싸안는
그 영원한 세계
흰 옷 입은 천사들도 흠모하는 곳

오늘도 무지갯빛으로
나를 인도하는 본향을 향해
고단한 길 꿋꿋이 걷는

빛나고 영광스런 순례자의 길
그 길 위의 가시덤불
축복의 열매로 행복을 춤추리

그리고 그곳은 "참다운 주님의 찬란한 빛"으로 가득한
곳, "눈물과 고통 없는 / 영원한 세계"이다.

참다운 주님의 찬란한 빛 외면했네
이제는 일어나 두 손 번쩍 들고
눈물과 고통 없는
영원한 세계를 품으리라

그가 찬란한 빛의 나라로 비상하기 위해서는 먼저 그의
영혼이 새로 태어나야 하고, 그 영혼이 "파랑새"가 되어
야 한다.

망각의 구름이여 속히 오라
숨소리조차 없는 곳에서
내 영혼이나마 자유롭고 싶구나
어둠 너머 세계로 날고 싶구나
그렇게 어둠을 떨치고
파랑새 되어 미지의 세계로 달리고 싶구나

5

이 본향은 시간을 정복한 자만이 얻을 수 있는 것이
다. 고달픈 삶의 희망은 무자비하게 흐르는 시간을 붙잡
아 멈추게 한다.

조그마한 호흡들이
피부에 와 닿으면
잉태의 고통과 환희를
시간 속에 새긴다

생명은 면면히 흐르고
너와 나의 만남을 위해
지금은 시간이 흐른다

우리 시인은 크로노스/시간을 정복하고 — 죽음을 정복하
고 — 영원을 쟁취한 그리스 신화의 제우스와 신약성경의
예수의 후예다운 면모를 보여준다.

새벽마다 내 영혼은
잠을 깬다
찌들었던 생각들이
말끔히 씻겨지고
설레이는 가슴으로
새벽을 맞는다

싱싱하게 퍼덕이는

내 영혼

이제 후로는
곧은 길만 가자고
입술을 깨문다

붉은 피가 뚝뚝 떨어진 후
결심의 새 칼날 위에
새벽을 깨운다
하얀 시작을 위하여

그리스 신화에서 크로노스는 자식들을 태어나는 족족
먹어 치우는 시간의 신다. 자기의 권좌를 영원히 지키기
위해서이다. 그의 아내 레아는 제우스가 태어났을 때 제
우스를 숨기고 그 대신 돌을 강보에 싸서 크로노스에게
준다. 크로노스는 강보에 싸인 돌이 자기를 폐위할 자식
인 줄 알고 그것을 삼킨다. 이렇게 하여 목숨을 건진 제
우스는 성장한 후 크로노스의 시종으로 가장하여 크로
노스에게 구토약물을 음료수로 주어서 그동안 삼켜 버
렸던 자식들을 토해내게 한다. 하데스를 비롯한 여러 자
식들은 다시 생명을 얻게 된 후 제우스를 사령관으로
하여 아버지 크로노스에게 반기를 든다. 그러나 크로노
스와의 싸움은 제우스마저 결박당하여 동굴에 갇히는
신세가 될 만큼 너무나 힘겨운 것이었다. 헤르메스에 의
해 결박에서 풀려난 제우스는 세 번에 걸친 치열한 싸
움 끝에 크로노스 군단을 제압하고 올림포스를 장악한

후 신들의 왕이 되고, 하데스는 지하 세계의 통치자가 된다. 이 신화는 삶은 시간의 노예이며 죽음은 시간의 정복자라는 것과 시간/크로노스에게 결박당하는 죽음을 경험하지 않고서는 크로노스/시간을 정복할 수 없다는 것을 보여준다. 죽음이야말로 시간/크로노스의 속박을 풀어버리고 영원을 향유할 수 있는 유일한 길이다.

크로노스가 시간과 죽음과 어둠이라면, 제우스는 영원과 삶과 빛이다. 제우스는 우리 시인에게 예수이다. 제우스가 크로노스의 속박에서 풀려난 후에야─시간/어둠/죽음을 정복한 후에야─올림포스를 장악하여 만물에게 생명을 부여하는 영원한 빛이 되었듯이, 예수도 크로노스/시간/어둠/죽음에서 풀려나 하늘로 올라간 후에야 온 세상을 주관하는 영원한 빛으로 하늘나라의 권좌에 앉을 수 있게 되었기 때문이다. 예수의 죽음은 죽음이 아니라 삶이었다. 그의 죽음이 "죽음의 세력을 쥐고 있는 자 곧 악마를 멸하시고, 또 일생 동안 죽음의 공포 때문에 종노릇하는 사람들을 해방시키시기 위함"이었기 때문이다(히 2:14-15). 『들판을 지나며』는 죽음의 문턱을 통과한 우리 시인의 영혼이 파랑새가 되어, 제우스/독수리처럼, 예수/비둘기처럼, "싱싱하게" 날개를 퍼덕이며 "그 분"이 계시는 영원한 생명/빛의 나라로 비상할 준비가 되어 있다는 것을 보여 주는 아름다운 노래이다.

들판을 지나며

초판 발행일 2016년 3월 30일

지은이 홍기영
발행인 이성모
발행처 도서출판 동인
주 소 서울시 종로구 혜화로3길 5 118호
등 록 제1-1599호
TEL   (02) 765-7145 / FAX (02) 765-7165
E-mail   dongin60@chol.com
ISBN   978-89-5506-705-7
정 가 10,000원